横浜序曲

小鳥遊《たかなし》 春海《はるみ》

文芸社

目次

プロローグ

「パパ、はいっ！」

私は、リビングのイスに座《すわ》るパパの脇《わき》に座り、一輪の黄色いバラの花束を、渡した。

「パパ、おたんじょう日おめでとう！」

テーブルの上には、他界したママの写真。

「ありがとう！　緑……」

パパが、優しくほほ笑む。

小学四年生だった頃の、私。

懐かしい、想い出――

ヨコハマ〈セレナーデ号〉での出会い

私、小沢《おざわ》緑《みどり》。

横浜にある、白薔薇《ばら》音楽大学の附属高校の一年生。

ヨコハマ生まれの、ヨコハマ育ち。

この街が大好きです。

これと言ってトリエはないけど、幼稚園の頃から、近所の先生に習い続けているバイオリン。

それが唯一の特技かな？

先生が割と熱心で、親友と同じ普通の公立高校に進むだろう私だったけど、大好きな先生が音楽高校受験を強く勧めるから、頑張って受験してしまいました。

結果この春、見事合格！

——でも正直、バイオリンや音楽は好きだけど、早くに自分の人生を決めちゃい過ぎるのも、考えものだ。

ピアノがめちゃくちゃ上手な先輩とかがいて、バイオリンにしろ歌にしろ、やっていて当たり前、上手で当然。

ただ何となく続けていた私にとって、白バラは場違いな感じ。

あ〜あ。

やっぱ、親友の加名江《かなえ》と同じ高校にすればよかったっ！

ママが他界してから男手一つで、私を育ててくれたパパにも、高い授業料で負担をかけているし、でもそのキモチとは逆に、もう二、三回、学校サボっちゃった💧

みなとみらい線の電車に、私は今、乗っている。

白に、ライトブルーのスカートとラインの、セーラーの制服。

膝に乗せたバイオリンのケース。

これから、アルバイトなのだ。

別にサ、サイゼやセブンでもよかったんだけど、親友の加名江のオジサンが横浜港のレストラン船〈セレナーデ〉の船長《キャプテン》をやっていて、姪《メイ》の親友である私を支配人《マネージャー》に推《すい》薦《せん》してくれたって、ワケ。

金曜と土曜の夜、船のロビーやフレンチのディナーのレストラン、時にはカジュアルなバイキングの席で、バイオリンの生演奏をする。

それが、仕事。

少々練習は苦痛だけど、バイト料はいいし、自分のおこづかいくらい、稼がないとね☆

加名江にカンシャしないとっ。

私は駅を降り立って、大さん橋国際客船ターミナルへと、歩いた。

レストラン船は、ランチクルーズ、ティークルーズ、ディナークルーズと、一日に三回、ターミナルから出航する。

ディナークルーズは、六時と八時半、二回あるから、正確には四回か。

昼間のことはよく分からないけど、港を出て、ベイブリッジをくぐり、二時間かけてまた、ターミナルに帰ってくるんだ。

受付嬢に会釈して、私はマネージャーに声をかけた。

「おはようございます、今日もよろしくお願いします」

「緑《リョク》ちゃん、頼むね。あと、ドレスはクリーニングから上がってるから」

私は、停泊中の船に乗り込んだ。

「緑《リョク》」とは、この船での私の芸名なのだ。

小澤《おざわ》緑《リョク》。

けっこう、それっぽいでしょ？

音楽のコトなんか、よく分かってないマネージャーだから、私が白バラ音大の附属高校に行っているというだけで、もう、大音楽家扱い。

上には、上がいるっていうのに……

でもまっ、悪い気はあまりしない。

優しいし。

それに、それが普通の人の素直な気持ちだよね？

加名江だって、こんな私の音楽をいつもそばで、喜んで見守ってくれている。

控え室の鏡に映る私は、さっきとはまるで別人《ベッジン》。

黄色《イエロー》のステージドレスに、星のイヤリングを着けてみる。

おっと、忘れるトコだった。

口紅くらい、つけなきゃな……

たまには髪、アップにしてゴムでとめて、うん、カンペキ☆

「ちょっと緑《リョク》ちゃん、いい？」

ドアをノックする音とマネージャーの声がした。何だろ。私は、ドアを開ける。

「さっき言い忘れたけど、麗子《れいこ》さん、今日急用で休みね、代わりに男の人がピアノ弾くから」

「——あ、ハイ……」

麗子サン、お休みか。

小川《おがわ》麗子さん、デュエットのピアニスト。

某大手音楽教室の先生で、三十一歳の美人。——私は、大好きなグレープフルーツジュースのブリックを、一口、飲んだ。

時計の針は五時半。

あと三十分で出航だ。

◇◇◇

出航の三十分前から受付がスタートし、十分前には船長、支配人他クルーがロビーの両脇に勢ぞろいして、お客様を迎える。

私がロビーへ行くと、マネージャーと見知らぬ長身の男のヒトが立っていた。

「あ、今日ピアノ弾いてくれる楠《くすのき》さんね」

マネージャーが言った。

「初めまして、よろしく。楠　直広《なおひろ》です。ちょっと自信ないんだけど」

スマートで、何だか大人っぽくってステキなカンジ。

楠　直広さん、か……

マネージャーから、麗子サンの学生時代の後輩だと聞いた。

二十九歳だって。

「仕事？　普段は普通の会社員だよ」

楠さんは、そう言って笑った。

笑顔が――素敵……

私の頬が、みるみる紅潮して、心臓がドキドキする。な、何でだろ……

――レストラン船は、いつものように港を出て、夜の洋上を進んだ。

ほとんどぶっつけ本番（麗子サンとは、水曜日にリハーサルしたが）、でもそのワリには、まあまあの演奏ができた。

麗子サンの代理の楠さんと私の、二重奏。

演奏中の楠さんは、いたって真剣で（緊張しているのかな？）、でも白いなめらかな指先は、男性のピアノのタッチ……

麗子サンとは、違う。

私はもう、一回目のディナークルーズが終わる頃には、楠さんに夢中になっていた。

演奏の合間に、たわいのない世間話をしたり、船が着岸して、またクルーズに出かける三十分の間に、楠さんに缶ジュースをおごってもらったりして、仲良くなれた。

音高の先輩たちは、ピアノがすごく上手なの。

でも、それに比べると、普通のヒトがピアノを弾いているカンジの楠さん。

でも彼には、今までに感じたことのない、大人の男の人、そんな魅力を想った……

バイトが終わると、かれこれ夜の十一時を回ってしまう。

だからいつもは麗子センセの愛車で、送ってもらっているけど……

「緑《リョク》ちゃん、今日は僕が送りましょう」

マネージャーが言った。

「でも、ちょっと方向が違うな」

と、付け加えられた。

「――あ、よかったら僕が送りましょうか?」

楠さんのその一言に、私は心の中で叫んだ。やった☆

◇　◇　◇

「お願いします」

私はそう言って、楠さんのクルマの助手席に座った。

名前はよく分からないけど、黒い上品なセダンだ。

私の住所を聞いた楠さんは、

「そこなら、通り道だね」

私の自宅辺りを抜けて、楠さんは家へ帰れるらしい。

よくよく聞くと、麗子サンとは、ご近所なんだって。

「白バラか、すごいね。僕なんか緊張したよ」

楠さんは、笑った。

「でも、すごく上手でしたよ。明日――――は？」

「今日だけだよ」

なんだ、麗子サンしばらくお休みならいいのに……

私はふっと、悲しくなってしまった。

今日初めて会ったばかりなのに、いつまでもこうしてクルマに乗っていたいって想えてしまう人……

窓の外を流れるヨコハマの街は、キラキラ光って、とてもドラマチック。

「その制服、よく見かけるね」

「そうですか？」

「高校生か、若いよなァ」

私は、ハンドルを握る楠さんの横顔を見つめた。

しばらくは無言で、静けさが車内にたちこめた。

「――タバコ吸っていいかな？」

楠さんが言う。

「……あ、どーぞ」

どぎまぎしちゃうな。

楠さんは窓を少し開け、メンソールのタバコを吸い始めた。

パパもマネージャーも――タバコは吸わないヒトたちだから――ちょっとドキドキしちゃうよ。

大人《オトナ》……

何をしても、ステキ♡

「タバコって、おいしいですか？」

「――うーん。ホントは体のためには、吸わない方がいいんだろうけど……」

そう言って、タバコを消すしぐさも手慣れた感じで。

「じゃあ、頑張ってね」

笑顔の楠さんのクルマから、私は降りる。

「ありがとうございました」

ブルル……

走り去るセダン。

――行っちゃった……

ときめきと、もう二度と会えないかもしれない悲しい心と、フクザツな気持ちで私は、いっぱいになった。

深夜の社宅の団地は、ひっそりと静まり返っている。

私は、とぼとぼと三階の家へと歩いた。

再会

夏服に変わり、いつしか輝く季節になっていた。

学校やバイトの日々が続き、私の楠さんに対する想いは、消えかかって忘れ去ろうとしていた。

ある日のこと、その日は学校の創立記念日でお休みだった。

私服姿の私は、自転車で駅前の銀行へと向かった。

夏休み直前。

暑かった。

銀行のＡＴＭでバイト代を引き出して、その後加名江と出かける約束をしていた。

東洋銀行。

ブルーで統一された、建物だ。

ＡＴＭでお金を……あれ？　キャッシュカードが見当たらない……

通帳とハンコなら、ある。

メンドーだけど、窓口で――

私の番号が呼ばれ、受付に進んだ。

「おかけになって、お待ち下さい」

笑顔の女子行員。

その瞬間、奥のデスクで仕事をする男子行員と、何となく目が合ってしまった。

どこかで見たコトある……く、楠さんだっ！

驚く私に、彼は久々の輝く笑顔で――

「そんなに好きなら、麗子先生にメルアドでも聞いて、今の緑《みどり》の気持ち、彼に伝えれば？」

マックで、加名江が言った。

何度も、麗子サンに聞こうとしたよ。

楠さんの、アドレス。

でも、絶対勇気ない。

絶対、ヘンだと想われちゃう。

「緑《みどり》らしくないよ、わたしだったら絶対すぐに告白《コク》っちゃう」

チュ〜〜ッと、シェイクを啜《すす》る、加名江。

そんなの、ムリ。

だってこんなキモチ初めてで、どうしていいか、分かんない！

「あーあ、楠さんにまた会いたいな」

「今からその銀行に行ってみる？」

「ダメだよ、そんな。仕事中に！」

でも、会いたい。

私の想いは、まさに〈再燃〉の二文字だ。

キラキラ光る、七月。

楠さんの笑顔が、心にまた浮かぶ――

◇◇◇

夏休みが始まった。

学校は休みでも、レストラン船でのバイトは相変わらずで、私はバイト先で演奏する曲を自宅で復習《さら》っていた。

私の部屋は六畳で、下はタタミだけどベッドを置き洋間のように使っている。

他に机と本棚、パステルピンクの楽譜立て。三十分くらいで集中力が限界で、その後散漫になった。

クーラーを切り、窓を開ける。

夏のムッとした空気が、部屋に入り込んでくる。

無数の蟬の声と……

キッチンに行って、冷めたいコーラでも飲もうかな。

その時、携帯《スマホ》が鳴った。

〈リョクちゃん元気ですか？　この間銀行で会ったね。今度の日曜日、よかったら出かけませんか？　車で家まで迎えに行きます。楠〉

う、うそ。

楠さんからの、メール!?

どうして私のアドレスを知ってるの？

驚きと、でもうれしさと、私はもう舞い上がっていた☆

透《す》かさず、返信する。

〈日曜日、空いてます。とてもうれしいです。楽しみにしています♡リョクより〉

♡《ハート》マークなんか、付けてみたり。メールだと顔が見えないから、ちょっとダイタンなコトも、言えちゃうカモ。

私はもうゴキゲンで、鼻唄まじりにキッチンでコーラを飲んだ。

グラスの中で円い氷がカラカラ鳴って、炭酸がシュワシュワはじけた。

コンロの上には、お鍋。

中身は、パパが帰ってきたら夕食にと、カレーを作ってある。

あ。だけど今度の日曜日って、加名江と会う約束してたんだ。
どうしよう。
せっかく楠さんと、デートできるのに……
加名江、怒るかな？
恐る恐る、家の電話をとる。
すぐに、加名江が出た。
〈ごめん、加名江。今度の日曜、他にちょっと用事ができちゃって……〉
〈――あ、そう？　じゃあいいよ、この次にする〉
やけに今日は、穏やか。
いつもなら、すごく怒るのに……
ま。だけどこれで、私は約束の日曜日を待てばいいんだ。
明るく受話器を置いた。
楠さんとの、初めてのデート♡
どこへ行くんだろう。

あ、服！

何着ていけばいいんだろう……

いつもはTシャツに、ショートパンツとか、夏はラフな服ばっかり。

そうだ！　あのワンピース。

先週の水曜日のリハーサルの時、麗子サンが買ってくれた、袖《そで》なしの白いあのワンピースを、着て行こう。

部屋のタンスから白いワンピースを取り出し、体に当てて、鏡を見つめた。

胸の中は、楠さんとのコトで、いっぱいだった。

帰宅したパパが不思議がるほど、その日は一日中、浮かれっぱなしだった。

初めてのデート

金曜日は勤め帰りのＯＬやサラリーマン。

土曜日は、家族連れやカップルで賑わうレストラン船。

麗子サンがやけに明るい他は、特にいつもと変わりない二日間のバイトを終え、とうとう運命の日曜日が来た。

社宅の団地の敷地の入り口で、楠さんを待つ。

例の白いワンピースに、サンダルと籐のカゴ。

これで麦わら帽子でもかぶれば、バッチリ高原の少女ってカンジ。

でも相手が楠さんだから、少し大人っぽく、うすいマニキュアをして、銀のブレスレットをした。

パパには、加名江に会いに行くとウソついて、ドキドキして家を出てきた。

やがて現れた、久々の楠さんの黒いセダン。

「暑いね」

楠さんは、いつもより女っぽい私とは逆に、ストライプのシャツを着て、ラフな休日のスタイルだった。

「今日のもかわいいね、銀行で会った時みたいな服も、若々しくっていいし」

笑顔が夏によく似合う。

「さて、と。オーシャンパークへ行こうかと想うんだけど……」

割にさらっと、他人事《ヒトゴト》のように楠さんはクルマを発車させた。

行きたかったんだ、オーシャンパーク☆

私は、

「はいっ！」と元気に答えた。

楠さんは、モーツァルトのフルート曲のＣＤを流してくれて、車内でいろいろな話をした。

銀行の仕事では、お札で指を切っちゃうこともあるんだって。

「今は夏休みだから、毎日近所のスーパーに行って、ゴハンの支度ばっかり」

ママが他界して、パパと二人きりだからお料理や家事には、けっこう自信ある。

「いいお嫁さんになるね」

その言葉に、私は赤面した。

お、い、い、
お嫁さん、か……

「八月に、千葉の館山で花火大会があるんだ。実は親類がいてね。リョクちゃん花火？　ヨコハマのもいいけど……」

「館山って、行ったことない。浜辺があって、海水浴ができるカンジ「田舎っぽい所好きだよ」

だんだん楠さんに慣れてきて、タメ口《グチ》になる。

「館山湾で、一万発打ち上げる花火は見事だよ。東京の竹芝からジェット船に乗ってもいいし、一時間くらいで着く。去年も行ったんだ」

誰と行ったんだろ、楠さん。

すごく楽しげだ。

独身みたいだけど、彼女とかいないのかな？

――こうして誘ってくれているんだもの、期待しちゃう……

オーシャンパークではまず、食事をとった。

ルネッサンス号、昔のクイーンエリザベスみたいな豪華客船。

その中にある、レストラン。

「『タイタニック』って映画知ってる?」

「あ、うん。パパがよく家でビデオ見てるから」

「僕たち、一等船客だね」

楠さんは、テーブルに着くとそう言って笑った。

私は遠慮してパスタを、彼はステーキを頼んだ。

考えてみると、物を食べる楠さんを見るのは初めて。

男のヒトと向かい合って、食べることも。

いつもは加名江とマックとか、ファミレスとかでパクついてるけど、今日は違う。

アイスコーヒーを飲みながら、タバコを吸う彼。

私は、オレンジジュース。

何だか、我ながら子供っぽいよね……


オーシャンパークを後にし、帰り道。

楠さんの知人が勤めるお店に寄った。

「あれ？　エリさんは？」

楠さんの知人が、私たちを見るなりそう言った。

エリさんって、誰？

ちらっと、彼を見る。

楠さんは無言だった。

その店には、たくさんの種類のオルゴールが所狭《せま》しと並んでいた。

外国製のものも、数多くある。

お人形が回転するものや、アクセサリーが入れられる箱のもの。

「あ、『エリーゼのために』だ。こっちはノクターン……」

次々と、鳴らしてみる。

どれも有名な曲ばかり、どれもそれぞれステキだ。

「リョクちゃん、見て」

楠さんが手にした、お人形のオルゴール。

ロングドレスの女の子が、バイオリンを持っている陶器製のものだった。

「演奏中のリョクちゃんに、どことなく似てるね」

言われてみれば、他人とは想えない。

「山際《やまぎわ》、これ包んで」

楠さんは、ササッとレジの男のヒトのところへ行った。

「エリさんはどうしたの？　新しい彼女？　ずいぶん若い……というか、中学生？　まさかね」

山際サンにいろいろ言われても、彼はまだ黙っている。

中学生だなんて、失礼しちゃうっ。

これでもコーコーセイですっ！

でも、何だか楠さん、淋しげな表情……。

店を出て、クルマに乗り込んだ。

「……ハイ、リョクちゃんに」

「えっ？　いいの？」

楠さんから、オルゴールが入った小さなお店の紙バッグを手渡された。

「――アイツ、とてもおしゃべりでサ。だけどお店はステキでしょ?」

「……うん」

うん。とても楽しかった、お店だけじゃなく今日一日、本当に。

だけど、気になるな。エリさんて?

私は勇気を出して、小声で彼に聞いてみる。十秒くらいの沈黙の後、楠さんはやっと話し出した。

「――前にね、五年くらいつき合ってたかな? だけどもう、去年の秋に違う男性《ひと》と結婚したんだ、お見合いしてね……」

そんなコト聞いちゃうと、私、どうしていいか分からなくなっちゃうよ……

「きっと、僕じゃ役不足だったんだね、今頃幸せに暮らしてると想う」

こんなステキな楠さんをフるなんて、信じられない!

「同い年だったから、結婚を焦ってたのかもしれないし――あ、ごめん。妙な話聞かせちゃったね」

私はなぜだか、彼の過去を想って、少し悲しい気持ちになった。

そんなことが昔あったなんて、ちっとも知らずに、楠さんに恋焦がれていた……

お風呂上がり。私はパジャマ姿で、机の上のオルゴール人形を回転させた。
「乙女の祈り」がポロロンと流れる。
ホント、私みたい。
楠さんがくれた、大切なもの……
〈今日は楽しかった、また誘うよ〉
帰り際の彼の言葉を、そっと噛《か》み締《し》める。
おやすみなさい。楠さん。
私の大切な人……

縮まる二人の距離

それから数日が経った。

パパがなかなか、帰ってこない。
キッチンのテーブルでうとうとしていると、急に電話が鳴った。
パパが会社帰り、交通事故に遭い、病院へ運ばれた知らせだった。
タクシーを呼び、急いで総合病院へ！――緊急の手術が、始まっていた。
もう、頭の中は真っ白……
突然の出来事に！
私は独り、手術中のパパを案じ、長椅子に座って、無事を待った。
どうしよう……
もしもパパが――助からなかったら、私、ひとりになっちゃう。
とてつもない孤独と不安に打ち震えていると、人の気配を感じた。
顔を上げると、楠さんだった。
「楠さん？」
私の目は、赤く腫《は》れている。
「……タクシーから降りるリョクちゃん見かけて、心配で……」

「パパが事故で、手術中なの！――どうしよう私、パパが死んだら、私ひとりになっちゃう……」

涙が、もう、止まらないよ。

彼は私の隣に座り、こう言った。

「……泣かないで、リョクちゃん。僕がずっとそばにいるから、ひとりじゃないから……お父さんの無事を祈ろう」

――そして。それは、ほぼ同時だった。

彼の胸の中に飛び込む私と、私を抱きしめる彼と……

抱きしめられながら、私の髪を何度も撫でる、温かな楠さんの手のひら……

温かい、腕の中――

二人の祈りは無事に届き、パパは順調に回復を遂げ、来月九月には、退院もできそうにまで回復して、元気になった。

もう何も心配なくなった。

――久々にその日、バイト先に着くとデュエットの麗子サンがお休みだった。楠さんと演奏する機会がまた訪れた。

このヨコハマの、レストラン船……

楠さんと会うことができた、この船――

その土曜日は割とヒマで、マネージャーの了解を得て、私たちは夜のデッキに出ていた。

キラキラ光る街灯りと、海……

風がまるで、夏を惜しむように、強く吹いている。

純白《しろ》いロングドレスが、はためく……

直《じき》にターミナルへ着く時刻、誰もいない。

足取り軽く、二人とも手には白いグラスワインを持っていた。

私は、ジンジャーエール、だけどね☆

夏休みと――明日は日曜日だという解放感で、ちょっと浮かれていた。

白い円いガーデンテーブルと、チェアー。

風が穏やかになり、私たちはそこに向かい合って座った。

「お父さん、よかったね」

楠さんは、いつもの優しい笑顔で……

私は言った。

「──あの時、楠さんがそばにいてくれたから、心強かった。ひとりじゃないんだって想うと……」

彼のあの時の言葉を、想い出してみる。あの温かなぬくもりを……

「リョクちゃん……」

「──え?」

一瞬の──出来事だった……

チェアーに座ったままの、私……

夜風のデッキ、立ち上がる彼。

楠さんの唇が──軽く……、触れた──

――夏の終わり、団地の敷地の入り口、いつもの場所で私は、楠さんを待っている。

胸には、近所のお花屋さんで買った花束。

オルゴールやいろいろなことへの、お返しに楠さんへ渡す。

もしも叶うならば、この平和な夏休みが、ずっと続いて、終わらなければいいな……

そして、まだ彼には一度も、自分の口から伝えたことがない、今の本当の気持ちを、

今日は――勇気を持って、言うつもり。

〈好き〉だって。

私は、どこまでも高く、青い、――晩夏《なつ》の空を見上げた。

一年後。

クロード・ドビュッシーの、ピアノの調べが聞こえてくる。

弾いているのは、黒澤《くろさわ》涼《りょう》。

「ベルガマスク組曲」の、前奏曲《プレリュード》だ。

甘くて、とてつもなく、切なくて――

彼は、小沢《おざわ》緑《みどり》の通う、白薔薇《ばら》音大附属高校のピアノ科の三年生。学年は緑の一歳《ひとつ》上。

割と小柄で華奢《きゃしゃ》な身体《からだ》だが、その繊細さとは裏腹に、内なるパワー、情熱が感じられるピアノ……

自宅にある、ピアノ室。

「ベルガマスク組曲」の前奏曲《プレリュード》を、颯爽《さっそう》と今、弾き切った。

「――涼!?」

奥から、母親らしき、声。

涼はふと、顔を上げた。

親友・加名江の協力

清楚な、白とライトブルーのラインのセーラー服、白バラ音高の制服を着た緑。

他校の神奈川県立高校、ブレザー姿の山倉加名江《やまくらかなえ》。

二人は今日も、マックにいた。

「楠さんとは、どう？　ウマくいってる？」

加名江の問いかけに、

「――うん♡おかげさまで」

満面の笑みを浮かべる緑だった。

「――しっかし、殺人的《サツジンテキ》なファザコンだよな」

チーズバーガーを、ガブリ、そして加名江がひと言。

「サッジン？」

緑は、キョトンとする。

「確かにまぁ、イイ男、だったけどサ」

そう言って加名江は、約一年ほど前の、楠《くすのき》直広《なおひろ》とのやり、と、り、を、想い出した。

今ひとつ、自分から告白する勇気の持てない親友・緑のために、加名江はキューピッド役を務めた。横浜港、大さん橋国際客船ターミナル。

そこから発着するレストラン船〈セレナーデ〉。

加名江のオジは、その船の船長《キャプテン》だ。

支配人《パーサー》をはじめ、その他スタッフとともに、加名江の紹介で、緑は現役ピアノ講師と二人、バイオリンとピアノで二重奏《デュエット》を生演奏するアルバイトをし始めた。

やがて、訪れた初恋。

ピアニスト・小川麗子《おがわれいこ》が急用で休み、代行でピアノを弾いた、麗子の後輩の、社会人の楠。楠との演奏は、その夜限りだったが、緑はその後、彼が働く銀行で奇跡《キセキ》的

（？）な再会を果たす。

〈やっぱり、すごく好きっ！〉

親友のその一途な想いをくみ、オジを通して、小川麗子の携帯番号を知った。

〈――ああ、カナエちゃん、ね？　キャプテンから聞いたわ。ピアノ、習いたいんですって？　私は、いつでもＯＫよ〉

麗子はちょうどその時、ピアノ教室のレッスン室にいた。

〈レイコさん、ごめんなサイ！……実は、違うんです……〉

〈は？〉

〈実は、――楠さんに用があって……！〉

〈直広に？〉

〈緑《みどり》、いえ緑《リョク》が、その、楠さんに好意を…〉

――麗子は一部始終を聞くと、協力的な様子で、後輩・楠の携帯番号を教えてくれた。夜になり、加名江はすかさず、今度は楠に連絡を入れる。

〈――私《わたくし》、小澤《おざわ》　緑《リョク》の親友の山倉加名江と申します。緑《リョク》、ご存知ですよね？〉

〈――リョク？〉

〈以前セレナーデで、バイオリンでご一緒した、あと、そのあと銀行でも会っているハズです――〉

〈……ああ、あの子〉

楠が、想い出した様子で、安心した。

〈実は、あの子のコトで、ぜひご相談が……〉

〈――相談？〉

〈電話じゃなんですので、ぜひ一度、どこか外で、会って下さいませんか？〉

次の日曜日、さっそく楠と落ち合う、加名江だった。

手には、オーシャンパークのチケット二枚。

お店で、楠と向かい合った。

〈……へぇ、けっこうイケメン。二十九歳、だっけ？〉

楠を最初見た時の一声は、そうだった。

しかし、本題に入る。

「単刀直入に言いますっ。楠さん、緑《みどり》とこれでオーシャンパークに行って下さいっ!!」

「は!?」

突然降《ふ》って湧いたように現れた女子高生を眼前に、啞然《アゼン》とする楠だった。

「緑《みどり》、楠さんのコト、好きで好きでどうしようもないんですっ!」

「みど、り?」

「緑《みどり》ってのは、緑《リョク》ちゃんの本名です」

「——あ、そう、なの……」

強引な加名江に、楠はもうたじたじだった。「できたらこれを機に、緑とおつき合いしていただけませんか?」

「え?」

「……それとも、オーシャンパークだけ行ってと、お考えですか? 緑《みどり》みたいな女の子、好みじゃありませんか?」

突然の一本攻《ぜ》めに、絶句する楠……

オーシャンパークにだけはまず、行くと勝手に決めている加名江。

彼女は、迫《お》ってバッグから、シナモロールのメモを一枚、取り出した。

「緑《みどり》のアドレスです」

そう言って、目にハンカチを当てる。

涙声（の、フリ）。

「……私、緑《みどり》が大好き、なんです。緑《みどり》が、楠さんみたいなステキな男性《ヒト》と、幸せになってくれたら……！」

目の前で泣かれ、楠は慌てた。

「……だけど、年も違うし」

「大丈夫です！　緑《みどり》、ファザコンですからっ!!」

再び顔を上げた目は、鋭く光っている。

「――――ファザ……コン……」

さらに、言葉を失う楠……

「それでは、私《わたくし》、これでっ！　後のコトは、楠さまにおまかせしますっ!!」

ワンコイン（五百円玉）を置き、退散する加名江。

――楠は、残された二枚のチケットと、女子高生シュミなメモを、――しばし呆然《ぼうぜん》と、見つめた……

〈リョクちゃん、か……〉

レストラン船で演奏をした時の、緑のハツラツとした明るさが、蘇《よみがえ》る……

自分が勤める、東洋銀行でも、会った。

白バラの、古風で清楚なセーラー服……

〈……まいった、な……〉

楠は、ため息をもらした。

「アタシ、あれ以来（女優）になろうかと思ってサ」

クーの白ぶどうを、啜《すす》る加名江。

強引さと、最後は泣き落として、楠の心を、揺るがせた。

「――あ、いけない！　もうこんな時間！」

今日は、金曜日。

ずっと続けている、〈セレナーデ〉でのバイトがある。

緑は、学園バッグとバイオリンケースを、手にした。

「加名江、ゴメン。先に行くねっ！」

緑は、店を後にした。

「……ファザコンと、ロリコン、か……」

一人言を言《い》いながら、なおもジュースを啜《すす》る加名江だった。

二重奏（デュエット）

駅を降り、大さん橋国際客船ターミナルへ、駆け出す緑。

〈急いで、着替えなきゃ！〉

いつものようにほほ笑む、カウンターの受付嬢。

「おはよう、緑《リョク》ちゃん！」

少しクセもあるが、かなり優しい支配人《パーサー》。

ライト・グリーンのステージドレスに着替え、ロビーに行くと、麗子が先に来ていた。

ちょっと小ぶりのグランドピアノは、クラビノーバだった。

クラシックに限らず、カジュアルな選曲もする。

今日のメイン・ミュージックは、モンティの「チャールダーシュ」。

麗子はいつも、三十二歳の大人の女性らしい、タイトなドレスを纏《まと》い、愛らしい緑と実にいいコンビネーションだった。

——やがて、受付が始まり、お客様が次々と〈セレナーデ〉に乗り込んでくる。

いよいよ、お出迎えのセレモニーは、「世界に一つだけの花」。

パッと、花々が咲き誇った。

「——いらっしゃいませ」

「ようこそ、セレナーデへ！」

キャプテン他クルーらが、口々に言う。

夢と希望の、プチ船出だった。

フレンチのレストランでの演奏を終え、次は割にカジュアルな和洋中のバイキングの席での調べ。

イチ押しの、「チャールダーシュ」。

耳を傾けてみると、不思議に、どこかで聞いたことのある、あのメロディ。

最初はスローに始まるが、ガラリと途中で、アップテンポになる。

そして頂点に上りつめ、曲が終わった。

――拍手喝采――――！

下船時の曲は、いつも決まってなぜか「星に願いを」だった。

その曲を弾き終えると、緑はホッと安堵した。八時半からの、二回目のディナークルーズならば最後で、なおさらだ。

眠りにつく、セレナーデ号……

「……疲れた、ね」

緑を自宅へ送るクルマの中、麗子はボソリと呟いた。

共に、音楽高校や大手ピアノ教室での日々の最中、金曜日と土曜日の週末に生演奏のバイトをこなす。

「何《ナン》かホント、ストレス炸裂《サクレツ》って感じ。タバコ吸いた〜い！」

禁煙中の麗子を、禁断症状が襲う。

「……でも、でも、ワタシ、もうやめたのよ！」

「どれくらいでしたっけ？」

「――ちょうど、一ヵ月。耐えなきゃ、お肌にも悪いし、肺ガンで死ぬの嫌《ヤ》だし……」

まるで少女のような麗子の口ぶりに、緑は苦笑した。

「麗子サン、おやすみなさい」

クルマから降りる緑を、

「あ、待って!?」

麗子が、引き留める。

「緑《リョク》ちゃんにまた、お洋服のプレゼント♡」

麗子はガサゴソと身を乗り出し、後部シートを物色した。

「……あった！これこれっ！」

――二度目、だった。

一番最初にもらった服は、白いワンピース。

加名江のもくろみを知って、楠との初めてのデートにと、内心意図的に贈った麗子。

開けると、春らしい、やはりワンピースが出てきた。

うすい水色の小さな花もよう。

ローウエストで、とても可憐《かれん》だ。


深夜。

以前に、楠からもらった自分そっくりのオルゴール人形を、回転させる緑。
「乙女の祈り」が、ポロロンと流れる。
窓辺につるした、水色のワンピース。
夜のしじまに、やがて止まる、オルゴール。――――

デートを重ねて

土曜のバイトの翌日、日曜日の朝食は、少し遅めだった。
目玉焼きとサラダと、紅茶。
トーストがポン！　と弾けた。
エプロン姿の緑は、テーブルの上の携帯《スマホ》に没頭する。
〈楠サン　おはよ♡来週は、会えるよね？〉
〈大丈夫だよ。海に行きたいね。〉
〈海？　スゴク楽しみ♡今よく聴いているＣＤ持ってくねん☆〉

「緑っ！」

父親がゴホッと、咳払《せき》い。

「食事中だぞ、メール、やめなさい！」

妬《や》いているのか少し赤面して、娘を叱《しか》る。

緑は慌てて、携帯《スマホ》を置き、ぬるくなった紅茶を啜《すす》り、少しさめたトーストにマーガリンを塗った。


次の日曜日に訪れた海。

春のやわらかな、白い波が躍っている。

人影は、まばらだ。

「――来週、空けといて。サントリーホールで、いいコンサートがあるんだ」

珍しくジーンズ姿で、いつもと違ってカジュアルな出で立ちの、楠だった。

「……フルート、なんだけど、ね。いろんなコンサートに、足を運んだ方がいいと思って。音楽やってるリョクちゃんには、プラスになる」

「……フルート、かぁ。白バラにね、とってもステキなフルートの先輩が、いるの。原《はら》舞《まい》さんて、言うの。すごく美人なの。何ともいえない音色、白バラの生徒はみんな舞さんに憧れてる」

楠がよく車中で流すBGMも、フルート曲が多かった。

ことに、モーツァルトの優雅な旋律を好んで聴いている。

「ねぇ、館山の海もすごくいいところなんでしょ？」

楠が、いつか言っていた。

親類がいて、館山湾の一万発の花火大会は、見事だ、と。

「——夏休みになったら、行こう。ヨコハマ発着のワンナイトでも、（館山クルーズ）があるらしくって、船上から花火大会、そんなのでもいいいな」

「船上、セレナーデよりも大きな、豪華《ゴーカ》客船？」

「一度、乗ってみたいね」

楠は、ほほ笑んだ。

（ワンナイト＝ワンナイトクルーズの意。一泊二日の客船の、最も手頃な船旅）

白い貝がらを、夢中になって拾う、緑。

寄せては返《かえ》す、春の静かな、海――


次の日曜日の楠のお迎えは、割と早かった。

「行く前に、ちょっと家に寄るから……」

東京のサントリーホールのコンサートの前、楠宅に寄った。

「――家族が、リョクちゃんを一目見たいって、実は前々からうるさくって、サ」

緑の今日の装いは、前に麗子から贈られた、水色のワンピースだ。

楠家は、ごくごく普通の住宅地の、一画にあった。

狭くもなく、広くもなく――

リビングには、茶色いアップライトピアノが、一台。

〈これ、楠サン？〉

ピアノの上の、小学生くらいの男の子の写真。たぶん発表会でピアノを弾いている、そんなお決まりの写真が、置かれている。

「――初めまして。小沢　緑です」

少しだけ緊張の面持ちで、緑は家族に挨拶《あいさつ》した。

「あなたが、緑さん、緑ちゃん、ね！」

優しそうな、母親だった。

「今、紅茶淹《い》れますね！」

その人柄に、緑はホッとした。

〈何だかすごく、優しそうなお母さん。楠サンのお母さんて、カンジ……〉

だが……

ドアがカチャリと開いて、おもむろに入ってきた、妹……

弱冠二十《ハタチ》歳で、三歳《みっつ》の女の子の母親、バツイチ、出戻《でもど》り。

目元バッチリメイクの、金髪《キンパツ》。

「チーすっ！」

〈チーズ？〉

緑は、戸惑った……

「母さん、ナオが、女連れてきたって!?」

次に入ってきた、四歳《よっつ》上の姉は、麗子タイプの美人だが、

「こんな、妹よりも若いコが彼女なんて、ナオ、絶対またステられるっ！」

緑を見るなり叫んだ。

独身。ヨコハマ市内でブティックを経営、仕事ではバリバリだが、男運は全くナシ。

「ナオは、私に似てるのよ！　結婚できない男！」

「……アタシも、そう思う」

妹も、同意した。

〈……何、コノヒトタチ？〉

緑は、絶句した。

〈楠サン、何だか大変そう……

だから委縮して、優しいだけの男性《ひと》になってしまったんだ〉

あんなお姉さんや、妹さんがいるんだもの。緑はヘンに、そんな解釈をし、また、

楠に同情した。

父親は、四国に単身赴任中。

女の園、そんな楠家だった……

「リョクちゃん、ごめん。気分悪くしたでしょ？」

「――ううん、別、に。いいなぁって」

緑はやがて、笑った。

「私、一人っ子でしょ？　キョウダイって、いいなって、想う」

サントリーホールの音響は、素晴らしかった。また、出演のアーティストたち（オーケストラ）も、天才的だった。

不協和音

サントリーホールの音響は、素晴らしかった。

また、出演のアーティストたち（オーケストラ）も、天才的だった。

すぐ近くに、旧東京全日空ホテルがある。

「私、グレープフルーツ☆」

楠は、ホットコーヒーを頼む。

河が流れ、滝をイメージした水の流れのオブジェ。

ゴージャスな、グランドピアノもある。

「圧倒されちゃった」

緑は、ため息を一つ。

「ホント、素晴らしかったね」

生のオーケストラの迫力は、ＣＤやＴＶでは絶対に味わえない、臨場感溢れる演奏だった。

「私もいつか、あんなオーケストラと共演できたら、幸せだろうな」

ため息まじりに、でも輝く緑の澄んだ瞳に楠はほほ笑み、コーヒーを口に運んだ。

その時、彼の携帯《スマホ》が鳴った。

〈――――？〉

「……もし、もし？」

遠慮げに、話をする。

〈――――直広？〉

〈……エリ？〉

〈ごめんね、急に。元気でいる？　何してるのかなっ、って……〉

〈……エリ！〉

楠は言いながらも、共にいる緑を、チラッと横目で見ると、

〈エリ、ごめん。今ちょっと……〉

〈ごめんね、急に。またかける、から……〉

電話は短く、それで終わった。

しかし、それからの楠の態度は一変し、妙によそよそしく、そして、内心の動揺を隠すかのようで、落ち着きがなかった。

楠は急に、無口になった。

「――帰ろうか……」

自分の前を歩く、背の高い楠の背中を、緑は見ていた。

〈――エリって、確か……〉

かつて、彼の口から聞かされた、昔の恋人の名。

〈――前にね、五年くらいつき合ってたかな？　だけどもう、去年の秋に違う男性《ひと》と結婚したんだ、お見合いしてね……〉

悲しい、過去。

〈エリ、さん――――〉

車中でもずっと、楠は押し黙ったままだった。

〈エリ……どうして、今頃？〉

緑には分からない、かつての恋人との甘く切ない想い出が、彼の心に溢れる。

〈エリさんからの、電話……〉

緑は、グッと苦しくなった。

自分が知る術《すべ》もない、楠がかつて、同じ時間《とき》を共有した、女性……

〈私の、知らない女性《ひと》――楠サンが前、好きだった、女性《ひと》――〉

緑は、自分の中に、今までに感じたことのない感情が、渦巻くのを知った。

楠の横顔は、久々に見る、悲しげな表情だ。東京から、横浜。

窓の外、ネオンがまたたき、流れていく……

緑はずっと、楠にかける言葉を、探していた。しかし、二人の間に流れる、黒い川……

言葉など、見当たらなかった。

やがてクルマが、緑の団地に着《つ》いた。

緑は、目を伏せた。

「――私、もう楠サンとは、会わない！」

「リョクちゃん!?」

緑は、クルマを降り、駆け出した。

「緑、おかえり！　今夜はパパ特製のハンバーグだぞ。イタリアンだよ、イタリアン！　チーズ、好きだろ？」

自宅へ戻ると、父親がエプロン姿で、夕飯の仕度をしていた。

エプロンは、緑のモノだ。

「サントリーホール、かぁ。楠サンて男性《ひと》、今度、パパも一度挨拶しなきゃいけないな」

妙に、明るい父だった。

しかし、緑は暗く打ち沈んでいた。

「――今日、別れたから……」

「へ？」

緑は自室にこもり、ベッドにドッと、倒れ伏した。

〈エリ？〉

〈エリ！〉

〈エリ、ごめん。今ちょっと……〉

昼間の楠の電話のやりとりを、想い出す。
〈他の女性《ひと》の名前、口にするなんて！　たとえ昔の彼女だったとしても、ヒドイよ！〉
もう、ボロボロだった。

〈私、もう楠サンとは、会わない！〉
駆け出し去って行った、緑。
楠は自室で、携帯《スマホ》を手にした。
緑はやはり、出なかった。
透かさずかつての恋人・エリから、再び電話が鳴った。
〈……エリ、困るんだ、とても……！〉
〈直広、聞いて…、私、主人と別れようと想うの！〉
〈―――別れる？〉
〈いろいろあって、何だか疲れちゃった……直広に会い、たい……〉

電話越しの、憔悴したエリの声に、楠はまた、揺らいだ。

〈……エリ……――〉

かつての恋人・エリからの、一本の電話。

それが、これから巻き起こる総《すべ》ての不協和音の、始まりだった。

白バラでの衝撃

「緑ちゃん、何だか最近、元気ないね」

同じ二年生、バイオリン科の桜《さくら》組のクラスメイト・花田《はなだ》泉子《いずみこ》が言った。

白バラ音高はクラスごと、宝塚の如く、桜、雪、月――、美しいクラス名が付けられている。

広大な敷地内に、附属の音楽大学や短大もある。

七割近くが、附属の音楽大学に進学する。

「――そう？　別に、そんなコトないよ」

「疲れてるんじゃないの？　船でのアルバイト、とか……」

並んで、歩く二人。

校門に、さしかかった。

「――え？」

その瞬間《とき》、前を歩く男子生徒が、緑の上に倒れ、覆いかぶさってきた。

緑は、男子生徒とともに、アスファルトの上、倒れ伏した！

泉子や、周囲に居合わせた生徒らが、どよめく。

緑は起き上がり、男子生徒をゆり起こした。

「……大丈夫!?　ねぇ、大丈夫‼?」

白く、そして蒼ざめた、顔色。

ピアノ科の三年生、黒澤　涼だった――

保健室。

心配げに涼を見守る、緑だった。

やがて、目を開ける、彼……

「気がついた？」

養護教諭《きょうゆ》が、笑う。

「……いつもの、ことよ」

「いつもの、コト？」

緑には最初、訳が分からなかった。

「黒澤　涼君、君、また寝てない、ね」

「――先、生……」

「気持ちは分かるけど、ゆうべ、何時に寝たの？」

「――四時……」

緑には、驚きだった。

週末のアルバイトでは確かにいつもより帰宅が遅くなるが、朝方の四時に眠りにつくとは信じられない。

「元々、体弱いんだし、育ち盛りなの、よ？　毎回こんなんじゃ、何《なんに》にもならないんじゃない？」

「――スイマセン、先生……」

涼は、目を伏せた。

「――健康第一！　ピアノも大事、だけど――！」

寝食を忘れ、何かに夢中になる。

ここ、音楽の世界に身を置く少年少女も、時として、寝る間を惜《お》しんだり、中には（音）の聴きすぎで発熱等を起こしたりして、病院へ運ばれる生徒もいた。

緑には、なお驚きだった。

〈そこまで、するなんて――！〉

「――大丈夫、です、か？」

少しだけ回復した涼と二人、校門を抜けた。

「ごめん、ね。迷惑かけて――君、は？」

「……私、小沢　緑。バイオリン、です。二年桜組」

緑は、答えた。

「……小沢　緑、ちゃん……」

彼はそう言って、少しだけシャイにほほ笑む。

「ついつい、夜更かししちゃうんだ、ピアノに熱中すると」

「――――」

「……じゃあ、ここで。僕、バスだから」

途中で、別れた。


〈黒澤　涼くんって、先生言ってたっけ〉

みんな、熱心だな。

何となく白バラに入学して、一年が過ぎた。

未だに、白バラの世界は、緑にとって異《い》世界の空間だった。

生徒の半数以上が、富裕層だった。

机の上で回る、お人形のオルゴール……

「緑、電話だぞ！」

父の声に、ハッとした。

「——誰？　加名江？」

家電《イエデン》——なんて、珍しい。

「……楠、サン」

父親のそのひと言に、ドキリとする。

「出ないの、か？」

男親は、心配げに部屋まで、緑を見にきた。

〈——ヤダ。絶対出たくない！〉

「パパ——もう眠ってるって、言って」

「まだ、八時だぞ？」

〈もう、ヤダ……！〉

そっぽを向く娘の態度に、父は吐息をもらす。

――何らかの理由を告げて、父親は受話器を置いた様子で、緑はとりあえず安堵した。

〈楠サン、まだエリさんのこと、きっと、好きなんだ……

もしかしたら、私の知らないトコで、ずっと会ってたのかも――〉

そう想うと、悲しかった。

得体の知れない妄想が、あの日以来、緑を何度も襲う。

〈緑、ソーゾーリョク、あり過ぎだよ！

たまたまサ、なつかしくてかけてきたんじゃない？〉

〈それって、そういうのってアリ？〉

〈ともかくヘンに避けてないで、ハッキリ聞いたら？〉

〈そんなの、ムリ……〉

加名江じゃないもん、と、緑は想った。
〈またアタシの、出番かい？〉
次のメールで、言葉を失った。
——いつも、いつも、加名江にばっか頼って、ひとりじゃ何もできない、私……
やっぱり、最初から、ムリがあったのよ……楠サンと私って、きっと、合わない。
きっと、そうなんだ……
楠サンにはやっぱり、エリさんみたいな大人の女のひとが、きっと、似合う。
きっと……——

楠をなおも深く想いながらも、何度か彼からの連絡を拒むうちに、いつしか、
——それきり、音信は途絶えた。
〈リョクちゃん　会って話がしたいんだ〉
メールも、すぐさま消去した。

新たな恋の芽生え

白バラ音高は、ランチタイムだった。

学内食堂で、手作りの弁当を、一人食べる緑。

泉子は、カゼで欠席だった。

「小沢　緑、ちゃん？」

トレーを手に、黒澤　涼が現れた。

「一人？」

まだ少年のあどけない、愛らしいくらいの、涼の笑顔。

「一緒に、食べていい？」

「――ええ、いいケド……」

あの時倒れて、保健室で寝ていた涼だと、緑は思った。

少し、頬が熱くなる…

「手作りのお弁当、なの？　小沢　緑ちゃんが作った、の？」

涼は、白バラ学内食堂のオムライス、だった。

隣り合って、座る。

「へぇ、おいしそ……」

しげしげと涼は、緑の弁当を見つめた。

「あの時は、ホントごめん。だけど、どうして一日ってこんなに短いんだろ、せめてあと、五、六時間多ければ、な」

ほとんど一方的な、涼の会話だった。

しかし、緑は胸の内が温かくなっていくのを感じた。

「……黒澤　涼、くん？」

「何？」

「毎晩いつも、四時に、寝てるの？」

「――まさか💧」

涼は、笑った。

「ついつい時々、ね。朝眠くて眠くて、いっつも後悔する。でもまた遅くなっちゃう、でもいくら何でも、ロボットじゃないんだから、その反動で、土・日は、十三時間くらい眠っちゃうんだ、フキソク極まりない！」

見かけによらず、ルーズでハードな涼に、緑は興味を覚えた。

「そうだ、小沢　緑ちゃん。今度の日曜日、空いてる？」

「え、ええ……」

楠とのデートは、しばらく、いやもしかしたら、永遠にないだろう。

「リキヤが誕生日、なんだ。ウチでバースデーパーティやるんだ」

「リキヤって、あの、指揮科の？　友達なの？」

遠野力也《とおのりきや》。

白バラ音高始まって以来、全身校則違反の、ワイルドな、問題児。

「リキヤは、パパの友達の息子なんだ。

彼の家は、北海道では屈指の漁師の家系で、ね」

アパートに、一人暮らし。

そこから、白バラ音高に、通う。

涼と同じ、三年生。

白バラでは、伝説の有名人、だった。

涼の両親は気遣って、黒澤家に来るよう力也に言うのだが、（一人暮らし）の方が気楽だと、力也は拒んでいるらしい。

「原　舞ちゃんも、来るよ」

「原　舞さん!?」

「彼女、昔はピアノやってて、附属教室で一緒だったんだ」

白バラ音大の、附属音楽教室。

ピアノ科。

入室時には、試験もあり、その結果次第で入れるかどうかが決まる、かなり一般のピアノ教室とは違い、レベルの高いところだ……

指揮科の、遠野力也。

フルートの、原　舞――

何てすごいパーティだろうと、緑は高揚した。

涼の自宅では、緑はさらにカルチャーショックを受けた。

れんが造りの、趣のある洋館のよう……

いつものピアノ室でなく、今日はリビングでのホームパーティ、広めのリビングには人タインウェイのグランドピアノ。

壁にはクロード・モネの絵が飾られ、立派な花々が、あちらこちらに飾られてもいる。

〈すごい！〉

思わず、見渡してしまうほどの、黒澤邸――緑は、例の水色のワンピース。

主役の力也だけでなく、涼や舞にも、花束を用意してきた。

国内外でホテル経営をする、涼の父親。

上品な、母親。

やがて、涼と舞で、ピアノとフルートの二重奏《デュエット》が始まった。

明るく、心ときめく、モーツァルト……
ドビュッシーの「アラベスク　第一番」は、なだらかに、まるで波間を漂うよう
――流れゆくその心地で、皆を魅了した。

「ブラボー！」
豪快《ゴーカイ》に、涼の父が拍手する。
主役の力也も、満足げだった。
〈舞さん、素敵！〉
原　舞は、パールホワイトのタイトなドレスだった。
背も高く、端麗な顔立ち。
ドレスと同じ色のリボンで、髪を飾っている。
緑は、今目の前にいる舞に、感動すら覚えた。
〈そして、何て澄み渡った、フルートの音色！〉
鳥肌が立つほどの、美しさだった……
才色兼備。

知性の香りすら、舞にはあった。

「今度一度、緑ちゃんのバイオリンも、ぜひ聴きたい、ね」

涼は、ノンアルコールのシャンパンを一口含み、笑った。

「涼が、白バラでのお友達を連れてくるなんて、初めてだわ。緑さん、またいらしてね」

始終にこやかな、母親だった。

「バイオリンも、ステキよ」

舞も、ほほ笑む。力也は、

「オイ、リョウ！　どこでこんなかわいいコ、見つけた？　白バラ《あそこ》にいたっけ？　こんなコ……」

音高、短大、音大――白バラの莫大な生徒数に、出会えない人々こそ、多い。

「それは、ヒミツ！　ね、緑ちゃん」

無邪気な涼に、緑は気おくれした。

「う、うん……」

まだ、この場の緊張感が拭えないでいる。

食事の後は、最後に、涼のピアノソロだった。

お気に入りの、ドビュッシーの「ベルガマスク組曲」――だった。

涼は、一気に、全四曲を弾き終える。

〈涼くん、スゴイ！　すごいっ、こんなピアノ、今まで聴いたこと、ない……！

涼くん、天才だ!!〉

頬を染め、涼を見つめる、緑だった。

「直広、ごめんね。いつも自分勝手で……」

エリは、目を伏せた。

恋人時代によく訪れた、元町のレストラン。

「――」

楠は、押し黙ったままだ……

「――よくここで、食事したよね。全然変わってない……」

昼下がりの、晴れた日曜日。

カップルや、あるいは友人同士の、客たちが多数、憩う。

「……大丈夫、なの？　その……」

楠の心配をよそに、

「主人なら、今日も仕事、よ。子供もなかなかできないし、いつもすれ違いばかり――何だかもう、疲れた……」

かなり悩みぬいた、元恋人エリだった。

一年半前、彼女の見合い結婚により、別れた。しかし、五年間の甘い想い出が、楠の胸の中に溢れる。

そして、今。

エリが目の前で、悲しげにうつむいている……

学校から帰宅した緑が家の電話をとると、

〈緑ちゃん？〉

涼だった。

〈今ね、緑ちゃん家《ち》に向かってる。ごめんね、泉子ちゃんに聞いちゃったんだ住所……〉

緑は、慌てふためいた。

〈ちょっ、ちょっと涼くん。そんな急にっ！——そ、そうだ！　スーパー行かない!?〉

〈スーパー？〉

〈スーパーみすず。そこら辺のヒトに聞いて、来て！　私、先に行ってる!!〉

緑は受話器を置き、駆け出した。

スーパーのイートインコーナーのテーブルで、待つこと十五分。

黒澤　涼が制服姿で現れた。

「へぇ、イートインコーナーって、いうの？」

涼はそう言って、辺りを見渡した。

ついでなので、夕飯の買い物を済ませた。

カートやカゴに、いちいち、涼は感嘆する。

「ごめんね、涼くん。ウチ今、お客さんが来てて、その、パパと話とかしてて……」

無論、嘘《ウソ》だ。

豪邸仕まいの涼に、社宅の狭い部屋を見られたくなかった。

「日曜日のパーティ、来てくれてありがとう。リキヤも、すっかり気に入ったみたい、緑ちゃんのこと」

「――今朝《けさ》、廊下で会ったよ。〝おう、緑！〟って、けっこう人なつこいね」

夕飯は、肉じゃがとコロッケと、冷ややっこ。それらの材料を、カートのカゴに入れ、店内を回る。

グレープフルーツジュースの一リットルパック。

大好きなそれも、欠かさない。

「スーパーって、こんなにいろいろ品物があって、楽しいね！」

涼は、上機嫌だった。

「来たコト、ないの？　お母さんとかとは？」

「ママは普段はほとんどお料理しないから」

かなり、浮き世離れしている、王子様だ。

「じゃあ、いつも何してるの？」

「テニスとかレース編みとか……」

セレブだもんな、涼くんの家……


近くの、公園のベンチ。

涼はニコニコ、満足げだった。

「涼くん、今日はホント、ゴメンねーっ」

「いいよ、別に。すごく楽しかった！」

気のせいか、血色のいい涼だ。

「――じゃあ、僕そろそろ帰る、よ！」

制服のまま、学園バッグと買い物したスーパーのバッグを手に、涼は去って行った。
緑は、深くため息をつく……。
涼くんって、スゴク、疲れる……！
でも、悪いヒトじゃない……。
緑は、パーティの時の、ピアノを弾く涼の姿を想い出した。
〈涼くん、すごく凜凜《りり》しくって、何だか別人《ベッジン》みたいだった……〉
「ベルガマスク組曲」を好んで弾く、黒澤　涼。真剣な横顔。瞳。
彼の指先が、まるで魔術のように——緑は、ハッとした。
頬が、うっすらと色づく……。
〈私、私——黒澤　涼くんのコト……？〉
胸の中が、少しだけ息苦しくなる……。
〈涼くん……〉
緑はそして、涼の屈託ない笑顔を、想い浮かべた——

〈――私、黒澤　涼くんのこと？〉

「小沢　緑、ちゃん？」

校内の階段で、涼に声をかけられた。

「……涼、くん！」

無意識に、頰を染めてしまう、緑だった。

「緑ちゃん、今日、一緒に帰れる？」

「――え、ええ……」

そこへ現れた、指揮科のリキヤとフルートの原　舞の二人。

「リョウ！　緑……！　朝っぱらからお熱《アッ》いフタリってか!!」

舞は、ほほ笑んだ。

「緑ちゃん、おはよ♡」

クラスメイトの泉子も、そこを通りかかった。充実した、学園生活。

廊下の向こう、コーラスの歌声が響き渡る、白バラ音大、高等部校舎。

そんな朝の、若々しいワンシーン。

――その様子を、遠目に見入る、一人の女子生徒がいた。

声楽科の、早坂瑠音《はやさかるね》だった。

涼のいとこに当たる、二年生だった。

彼女の表情は険《けわ》しく、憎しみの色さえあった。

《――涼！》

瑠音には、涼とそして、緑の二人しか映らない。

《最近、いつも一緒にいるあの子！》

緑を、射るように見つめた！

「――へぇーーっ、ここがマクドナルドなの！」

涼は、キョロキョロと店内を見渡した。

「涼くんて、宇宙人みたい！　こないだのスーパーといい、マックも初めて入ったなんて!!」

緑は、改めて驚愕《きょうがく》した。

「お皿にのったフライドポテトなら、お料理のつけあわせで家でもよく出るけど、手で食べていいんだ☆」

「マックのポテトが、一番おいしいよ。加名江や泉子ちゃんとも、よく来るんだ♡」

二人は、そう言って顔を見合わせ、笑い合った。

遠く広く、横浜港を見下ろす、高台の公園で何とも言えない、音色。

のびやかな――

緑は、バイオリンの手を止めた。

「(海)だ、ね」

涼が、呟く。

――松原遠く　消ゆるところ……

あの「海」だ。

そう言って涼は、緑に向け拍手をした。

「バイオリン、ステキだね。あぁ、何て音楽って素晴らしいんだろ！　僕も緑ちゃんも、この短い人生の中で、またとない『音楽』と出会えた。とても、幸せ……！」

その瞬間《とき》、大空に向け、鳥が羽ばたいた。

夕日色の、風…

「鳥っていいよね、自由にあんなふうに翔べて――何だか、鳥になりたいね！」

「――うん……」

心を通わせ、空を見上げる二人だ。

壊されたバイオリン

「――あれ？」

教室で、緑の表情《かお》が陰《かげ》った。

「どうしたの？」

泉子が、心配する。

「学園バッグと一緒に、置いといたハズなのに！」

バイオリンケースがなかった。

バイオリンロッカーにあるんじゃないの？」

「――ううん、今日はうっかりして、バッグと一緒に置いちゃったから
案の定、キィの付いたバイオリンロッカーは、空《カラ》だった。

「――ない！　午前まではここにあったハズなのに……！」

「バイオリン室に、忘れてきたんじゃ？」

「ううん、そんなコトないよ、ちゃんと持ってきたモン！」

その時教室に、クラスメイトの女子学生数人が、血相を変えて、慌てて入ってきた。

「――大変！　モネの庭に!!」

「モネの庭？」

その瞬間、緑と泉子に、不吉な予感が走った。

フランスの画家、クロード・モネのジヴェルニーのアトリエの庭園をイメージした、

（モネの庭）が、白バラ音大敷地内に、ある。

池と、そこに架かる橋……

水面《みなも》に浮かぶ、睡蓮《スイレン》の花々はまだ蕾《つぼみ》で、やがて訪れる初夏には、美しい白や紅の花が、咲くことだろう。

緑や芝や、春先の草花も溢れ、美しい場所。その池に浮かぶ、無残なまでにぐちゃぐちゃに壊された、一台のバイオリン……！

「――私の、だ！　誰がこんな……!?」

緑は蒼白し、愕然とした。

体中の血が、サーッと引いていく……

「ヒドイ!!」

泉子は、泣き出した。

「――緑！　おまえのバイオリンケース、ゴミ箱につっこんであったぜ!?」

そこに現れた指揮科のリキヤも、モネの池に浮かぶ無残な姿のバイオリンに、言葉を失った！

結局、〈犯人〉が誰なのか判明しないまま、何日かが、過ぎた。

とりあえず、学園から代用のバイオリンを貸し出されたが、ずっとこのまま使い続けるわけにはいかない。

自室の机の上、緑は深くため息をついた。

〈パパには迷惑、かけられない、他の誰にも頼っちゃいけない――あ、涼くんは？　涼くんだったら……、ううん、ダメだよそんな、いくら涼くんがお金持ちそうで優しいからって……〉

楠が勧める、東洋銀行の青い預金通帳。

その残高を見て、なおも緑は落胆した。

〈加名江や泉子ちゃんと、映画とかＣＤとかに、いっつも使っちゃうから――こんなんじゃ弓すら買えない！〉

その時、家の電話が鳴った。

リビングの黒いアップライトピアノの脇で、受話器をとる。

〈小沢様、で、いらっしゃいますか？　小沢　緑様〉
〈——ハ、ハイ……〉
何の電話、だろう……？
〈ご注文のお品《しな》が、入荷いたしました〉
〈え？〉
〈クラウスヘルマンの、バイオリンですね〉
——楽器店からの、連絡だった。
〈あの、私、そんな注文——してません、けど…〉
〈——えー、楠様より先日、ご注文いただいておりますが、小沢　緑様にと——
お代はもういただいております……〉
——緑は静かに、しかし震える手で、受話器を、置いた。
脇のピアノに、腰かける……
〈——余計なコト、しないでほしい……
余計なコト——

でも、でも、今の私は……自分が弾くバイオリンすら、自分の力で、どうするコトもできないんだ……！〉

涙が溢れ、何度も何度も頰を伝い、やがて黒いピアノの蓋《ふた》の上に、落ちる……

おそらく今回の一件を、楠は加名江から聞いていたんだろう。

感謝とまだ残されている愛情と、自分自身に対する呵責《かしゃく》の念と……

緑は、泣き崩れた。

イジメは、それだけでは終わらなかった。

くつ箱の上履き（バレエシューズ）に、ある日、黒のマジックでイタズラに書かれた、ラク書き！

〔バカ　死ね　ウザイ〕

黒く、ぐちゃぐちゃに塗りつぶされてもいた。

「どうして緑ちゃんばっかり、こんな目に!?」

「――ウソ……、だってパパ、私が二歳の時に病気で死んだって…！」

「――ごめんなさいね、今頃になって……どうしても会いたくて、緑が白薔薇音高に通っているってことが――分かって、いけないことだとは思いながら……でも、すぐ分かった、わ。

緑、ちっとも変わって――なくて」

山下公園を臨む、小さなホテルの一階のカフェで、母親だと名乗る女性と、緑。

アイスティの氷が、カランと揺れた。

ガラス張り――外を往来する、人々……

氷川丸が、港に見える……

女性――母親は、総《すべ》てのこと、今までのことを、話し始めた。

緑の母は、栃木県の――旧家の子女だった。

言われてみれば、シンプルな出で立ちにも、気品が漂っている。

かなり古風な話だったが、当然のように、両親や親族が決めた、婚約者《いいなずけ》がいた。

——しかし、緑の母親は当時十八歳。

ひと回り以上も年の違う婚約者を、どうしても好きになることが、できなかった。

親たちが勝手に決めた、遠縁の男性……

愛情すら湧かなかった…

——それよりも、いつもいつも空気のように身近に、そして温かく寄りそう、幼なじみの緑の父親に、いつしか恋心を抱くようになった。

同い年の緑の父親は、青空のような笑顔、草の匂いのする、少年だった。

緑の父と母が、そろって二十歳《ハタチ》になった、その年の秋。

緑の母と婚約者の結婚式が、とうとう行われることとなった。

「——私、結婚したく、ない……」

「俺、家を出るよ。一緒に——行こう！」

緑の父は老舗《しにせ》の造り酒屋の、長男《あととり》だった。

何もかも捨て、（恋）を選んだ。

結婚式前夜、ひっそりと、二人は手と手をとり、町を飛び出した。

茨城――千葉――埼玉――最初は転々としたが、最後に神奈川、この横浜に落ち着いた。

仕事も安定し、やがて初めての子供、緑が産まれた。

港町ヨコハマでの、親子三人の生活は、実にささやかだが、幸せに満ちていた。

しかし――その幸せも、長くは続かなかった。

ある日突然、訪ねて来た緑の母の両親。

「やっと、見つけた！」

「今すぐ、帰るんだっ!!」

泣き叫ぶ、二歳の緑！

引き裂かれる、家庭の和楽――！

「――ずっとずっと、ママは死んだって……」

緑は、驚愕《こと》した。

そんな現実が昔あったなんて……！

「あの後栃木に連れ戻されて、違う男性《ひと》と再婚したの――すごくつらかった……一日たりとも緑やパパのこと、忘れたこと、なかった……」

母は蒼ざめ、目を伏せた。

「――パパはずっと、男手一つで私のこと育ててくれた、の……、ずっとひとり、再婚もしないで…」

しばしの沈黙の後、緑は呟いた。

アイスティの氷は溶け、水っぽくうすい液体になっていた。

「私の両親は――結局分かってくれなかった……、認めてくれなかった……、それどころか、新しい見合い話を、持ってきた――何度また、家を出ようと思ったか……、でもまた緑やパパのところへ行っても、――同じことの繰り返し……緑やパパの生活に、迷惑、波風を立てたくなかったの……」

母は、ハンカチを目に当てた。

「――バイオリン、習っているのね？」

脇のイスに置いた、新しいバイオリンケース。

「……パパと昔よく、話してた……、緑が幼稚園くらいになったら、バイオリンを習わせたいって、ね。

私とパパは、栃木の田舎町で育ったけど、音楽は二人とも、大好きだったの。緑は話をするのも早くって、『きらきら星』を歌うのが大好きだった……」

「――――」

あまり聞かせられたことのない、自分の幼少の頃の、こと……

母はそして、バッグから封筒を取り出した。

「――これ、少ないけれど――ごめんなさいね、こんなことくらいしかしてあげられなくて……」

緑は流れにまかせ、それを受け取った。

「今の主人は、とても話の分かる人なの……、緑のこと、打ち明けたら、横浜に行ってこいって、……、中に連絡先も書いてある、何かあったら、電話して、ね……」

「――はい……」とだけ、緑は返答した。

その夜。

父親が自宅へ帰ると、リビングは暗く、家中真っ暗、だった……

パチンと電気をつけると、キッチンの椅子の上、
緑が座っていた。

「緑、なんだ、電気もつけんで!?」

「――パパのうそつき……!」

緑の声色《こわいろ》は、弱々しかった。

「パパのうそつき! ずっと今まで、うそついてたんだ!!

――ずっとずっと、おかしいと思ってたんだよ!?

お葬式の写真もないし、お墓だって一度も見たことなかったし、あるのは写真一枚だけ、ママが死んだなんてウソじゃん!!!」

「――緑、何だ急に!?」

「……今日、ママと会った……」

「何だって!!?」

一部始終を聞き、父は観念し、緑の前に腰かけため息を一つ……

「どうして、本当のこと、言ってくれなかったの？　ずっと病気で死んだって――でも実は、生きているって……今頃急にそう言われたって、――誰だって、ビックリするじゃん……」

緑は、目を伏せる。

「――悪かった、緑。おまえに余計な心配かけたくなかった……、だけど緑も、いつまでも子供じゃない、パパが悪かった……」

父もそれ以上、返す言葉がなかった。

テーブルの上には、緑が買ってきた弁当が一つあった。

「――今夜、加名江のトコ、泊まるから――今日はパパの顔、見たくない――！」

出ていく、娘――

父は静かに深く、もう一つため息を漏らした……

山倉加名江の家は、割と大きかった。

「栃木の旧家の子女と、老舗《しにせ》酒屋の長男《あととり》の、かけおちかぁ、なんかまるで映画みたい!!」

そう言う加名江に、

「――やめてよ、加名江! 笑いゴトじゃないよっ!!」

いたって、冷静な緑だった。

「ごめん、ごめん」

謝る、加名江。

しかし、どんな事態も、無二の親友・加名江に打ち明けると、少しは心も軽くなった。

加名江には不思議なオーラというか、全てを包み込む大きな存在――力、があった。

だから今夜、こうして家に来た。

「しっかし、緑もいろいろこのところ続くよね。バイオリン壊されたり、イジメでしょ、お父さんお母さんのこと、——そうだ、楠さんとはどうなった？」

その言葉に、ドキリとする緑だ。

正直、ある意味、いろいろ他のことがあり過ぎて、忘れてもいた。

「——もう、いいの……、もう何の連絡もないし……」

「——バイオリン、楠さん心配して買ってくれたんだよ？」

「……バイオリンのお礼は、あとでちゃんとする……加名江も、もういいから、私のこと、いちいち楠さんに言わなくても……！」

「——緑……」

その時、緑の携帯《スマホ》が鳴った。

〈小沢　緑、ちゃん？〉

涼、だった。

〈緑ちゃん家《ち》にかけたら、出かけてるって聞いて〉

〈涼くん……〉

〈――リキヤから、聞いた。バイオリンのこと、ごめんね知らなくて、力になれなくて〉

〈……ううん、もういいの。心配かけて、ゴメンね〉

〈明日、ウチに来ない？　リキヤも原　舞ちゃんも来る、あ、泉子ちゃんも誘って、ママがアップルパイ焼くんだ、お菓子作りはトクイだから、彼女！〉

〈――涼くん、うん、きっと行くよ！〉

お陽さまみたいな、涼くん……

緑は、そう思いながら、電話を切った。

「誰？」

「白バラの、センパイ。ピアノ科の、黒澤　涼くん……」

「――ふーん……」

「――涼くん、優しんだ。センパイってゆーより、時々、弟みたいなの」

「……もうつき合ってんだ！」

加名江は、涼の雰囲気が気に入らない、様子だった。

「加名江、違うよ！……涼くんは、トモダチ。みんな……」

「――ふーん……」

新しく買ったばかりの、上履き（バレエシューズ）の、片方、右足がなかった。

〈まただ！〉

緑はしかし、その現実を受け入れるしか、なかった。

――何かあったら、電話してね――

数日前の、母の笑顔さえ浮かんだ。

先生の励まし

その日は、月に一度になった、近所のバイオリン教室の、レッスン日だった。

ここには幼稚園から、十三年間通ってきた。

お教室は、諸口《もろぐち》先生の自宅。

小さなバラや、緑でステキにガーデニングされた、お庭。

レッスン室の水槽には、気持ちよさげに、金魚が泳いでいる。

――その日の緑は、浮かなかった。

バイオリンも、ショボくれた音色だった。

「緑ちゃん、元気ないね」

諸口先生にそう言われ、緑の目頭が熱く、なった……

「先生……私、白バラやめたい！」

「緑ちゃん？」

「つらくて、つらくて――急に何だか、いろいろなことが起こるから……もう何もかも、やめてしまいたいっ！」

溢れる涙を、止めることができない緑……

今まであまり、プライベートの話を諸口先生に語らなかった緑だった。

白バラに入学して、しばらくは順調だった。

親友・加名江が見つけてくれた、レストラン船でのアルバイト。

そこで出会った、楠……
誰もが、明るく爽やかな恋の展開を、信じていた――
だが。
楠の昔の恋人の、存在。
小犬のように慕ってくる、黒澤　涼。
大事なバイオリンが、モネの庭で無残な姿で発見された。
度重なる、イジメ……
父と母の、悲しい恋の過去――
レストラン船のアルバイトも、このところ、サボリがちだった。
まさに緑に、不協和音が鳴り響いていた――
緑は、諸口先生に抱きついた。
「先生、すごくつらい……！」
諸口先生は最初驚いていたが、やがて――冷静になって――毅然とした表情で、口を、開いた。

「……緑ちゃん、生きて。――生きるのよ……！

つらいことこそ乗り越えて、そのことがバイオリンを美しく弾く、そんな糧《かて》になる……

きっとまた、〈幸せ〉な日々が、来るよ。

信じて、生きて。

あなたのバイオリンが、それを望んでいる」

「――私の、バイオリン、が……？」

「緑ちゃんの初恋の人が、買ってくれた、大事なバイオリンでしょ？」

こくん、と、頷《うなず》く緑だった。

告白を受けて

涼の自宅のピアノ室は、実にシンプルだった。

オフホワイトとブラウンの、色調。

緑の前で、涼は得意の「ベルガマスク組曲」を、弾く――

甘く、いつ聴いても、とてつもなく切ない、ドビュッシーの、調べ。

緑は、瞳を閉じる。

〈音楽って、すごい……、芸術って、不思議――癒やされてゆく――何もかも、総て――……〉

自然と、涙がこぼれた……

いろいろとあった、せいもあるのだろう……

涼はハンカチでそれを拭う緑を見て、

「――緑、ちゃん？」

涼はその瞬間、緑をいとおしく感じた。

ピアノを離れ、ソファーに座っている緑の脇に、座った。

「ごめん、ね。涼くんのピアノが、とってもステキだから、いつ聴いても、すごく感動、する……」

二人とも、まだ制服のまま。

白バラの男子学生の制服は、グレーのパンツに白のジャケット、ライトブルーのシャツと同色のネクタイだ。

「――緑、ちゃん……」

涼は、いつになく神妙な気持ちになった。

「――緑ちゃん、好き……？」

「私、好きだよ涼くんのピアノ」

やがて涙も乾き、緑はほほ笑んだ。

「……そうじゃなくて……」

涼は少し困惑しながらも、また、続けた。

「――僕、緑ちゃんのコト、好き……

大、好き。

初めて、女の子のこと、好きだって思った……――緑ちゃんは？　緑ちゃんは僕のこと、どう思ってる、の？」

「涼、くん!?」

突然の、涼の告白……

緑は驚き、言葉を失った。

「緑ちゃんに、他に好きな男子《ひと》がいなかったら、僕のコト、もっとトクベツに、考えて、くれる？

──僕、すごく好きになった……」

突然の、涼の好意の言葉……

緑は思わず、その場を立ち去ってしまった。

「涼くん、ゴメン。バイト遅れちゃうから……！」

──正直、焦った。

楠にも、言われたことのない、告白の言葉。

驚くほど、ストレートで、一途な涼の瞳……

〈緑、ちゃん……？〉

残された涼はそして、テーブルの上の冷めた紅茶を、見つめた──

——緑ちゃんに、他に好きなひとがいなかったら、僕のコト、もっとトクベツに、
考えて、くれる？

さっきの、涼の声が、響く。

緑は自宅で湯船に、浸《つ》かっていた……

もうずっと会っていない、楠のことを、想った——

やっぱりまだ、楠さんのコト——忘れられない……

でも、涼の一途な心——

〈……大事なバイオリンを買ってくれた、楠さん……

でも、でも、優しいってコトは、優柔不断だってコト、よ……！〉

——僕、緑ちゃんのコト、好き……

〈あんな、あんな……、昔の恋人が忘れられない人、なんて……！〉

「緑、まだかーーっ!?」

父の声が、した。

湯船の中、緑は瞳を——閉じた……

楠と涼

夏服に、変わった。

初夏の、ヨコハマ……

その日、東洋銀行店内で仕事する楠の前を不自然にうろつく、白バラ音高の男子学生がいた。

——涼だった。

キョロキョロと、窓口の奥、並んでいるデスク、男子行員らを物色した。

——仕事が終わり、黒いセダンの運転席に乗り込む、楠。

ふと、ウィンドウのガラスを叩く、音。

窓を、開ける。

「……君、さっきの？」

涼だった。

「――楠、さ、ん……ですか？　楠……直広――さん……？」

涼の表情は、険しく、不安げだった。

「……アイスコーヒーと、君は――？」

「僕は、紅茶で――」

二人は、近くのカフェで、向かい合った。

涼は、少年のあどけない瞳で、目の前の楠をしげしげと、見つめた。

〈……この人が、楠、さ、ん……、この人が、緑ちゃんの――〉

自身が恋焦がれる緑が、未だに心を寄せている、社会人の――大人の、楠……

涼は、途端に失望した。

〈――敵《かな》わないよ、これじゃ……

全然違い過ぎる――

僕なんて、コドモじゃん！〉

「――僕、緑ちゃんが好きなんです！」

「……緑、って……」

「小沢　緑ちゃん――、だけどこの間思いきって告白したら、緑ちゃん何だかよそよそしくって、ちっともうれしそうじゃないし、……泉子ちゃんに聞いたら、緑ちゃんの好きな人が、東洋銀行にいるって……」

半袖のライトブルーのワイシャツ、同色のネクタイ――白バラ男子の制服。

楠の方こそ、驚きだった。

昔の恋人・エリとの件以来、緑とは会っていない。

その間《かん》に緑に恋心を寄せる、今、目の前にいる少年……

しかし。

緑の前に、そんな異性が現れない方が、おかしいだろう。

楠はそれを、冷静に受け止めた。

「泉子ちゃんに、少し聞きました。あなたが、昔の恋人に会ったりしてるってこと……

…」

「それは……」

「そのコトで、緑ちゃんはひどく傷ついている……、緑ちゃんかわいそうだ！」

「――――」

一途な涼の瞳。

楠は、返す言葉を失う。

「僕だったら、絶対、そんなコトしない！

大好きな緑ちゃんを傷つけるようなコト、絶対に！」

健気な少年のその瞳に、楠はなおも言葉を失った。


「ナオ、ピッチ早過ぎ！　悪酔いするよ!?」

楠は姉の桜《さくら》と、近所の小料理屋のカウンターにいた。

「珍しいね、アンタがお酒飲むなんて！」

桜や、妹の桃《もも》は、大のアルコール好き。

弟の直広は、ほとんどやらなかった。

弟の帰宅が遅かったため、心配してこの店に迎えに来た、桜。

「何か――あった？」

「――――」

ウイスキーと、灰皿にたまったタバコ……。

少し乱れ、いや、いつもから比べるとかなり、荒れる、弟……。

桜も、つき合いで、ロックを飲んだ……。

「――あの子に、フラれた？　えっと、確か……緑ちゃ、ん!!」

目を伏せる、弟に、桜は続ける。

「やっぱ、そうなんだ!!――ホント、アンタってかわいそう!――最初っからムリだったのよ、あんな若くてかわいい子、ナオには合わないよ!!」

心から同情する、桜だった。

‖僕だったら、絶対、そんなコトしない！　大好きな緑ちゃんを傷つけるようなコト、絶対に！‖

昼間の、涼の言葉が響く――！

〈リョクちゃんにはきっと、あんな、純粋な少年……、あの子といた方が、きっと幸せ、だ……！〉

澄んだ黒澤　涼の、瞳……

汚《けが》れのない少年には、敵《かな》わない！

――――同世代の、明るく爽やかな、恋……

アルコールが入り、桜は陽気になった。

「だけど、ナオ？　あの子と、手ぐらいつないだ？」

「……さあ、ね」

「男と女の関係とか、あったの？」

「あるわけ、ないでしょ……!?　あの子まだ、高校生、だよ!?

――――そんなことは……、その、もう少しして、彼女がもうちょっと大人になってからって……！」

「へぇ……、大事にしてたんだ！　けど、あんなかわいい子がそばにいて、我慢《ガマン》するのもタイヘンだったでしょ？」

「妙なコト、言わないでよ！」

怒って、楠は立ち上がった。

「姉さんと話してると、頭痛くなる！」

楠は勘定《かんじょう》を済ませ、店を出た。

「あ、待ってナオ！」

追いかける、桜……。


徒歩で、家路を辿る、二人。

少しだけフラつく弟の腰に手を、桜は、添えた。

「――エリちゃんが結婚しちゃった時は、こんなに荒れなかった、よね？

よっぽど、緑ちゃんのコト、想ってるんだね！」

「……もういいから、姉さんほっといてよ!!」

「ほっとけないよ!!」

楠の脳裏に、涼の存在、純粋さが駆け巡る。

「リョクちゃんにとって僕は、役不足なんだ!!」

「ナオ、アンタホント、かわいそう！」

姉と弟は、なおも二人寄り添《そ》い、歩いた。


リビングの茶色い、アップライトピアノ。

楠は、ラフマニノフの「鐘」を、たどたどしく、弾き始めた。

ピアノの上には、自身の子供の頃の、発表会の写真がある。

「直広！　直広!?」

母親が、リビングに入ってきた。

「こんな時間に、ご近所迷惑よ!?」

楠は、バ～ンと、鍵盤に上半身を伏せた！

その頃。
黒澤　涼は、自宅のピアノ室で、得意のドビュッシー、「ベルガマスク組曲」を弾いていた。

＝僕だったら、絶対、そんなコトしない！　大好きな緑ちゃんを傷つけるようなコト、絶対に！＝

涼の脳裏に、昼間会った楠が、浮かぶ。

〈僕、負けない！

僕が一番に、緑ちゃんのコト、愛してる!!〉

いつもよりさらに、増して、甘美な調べだった。

パリ留学への誘い

楠と涼が会っていたことなど、何も知らない緑だった。

夕暮れ――夜に近づく交差点……。

涼と緑は、制服姿のまま、赤信号――ストライプの横断歩道――信号待ちをしていた……

ビュンビュンと走る、目の前のクルマたち。涼はふと、緑の横顔を、見つめた。

「……一緒に、パリに行かない？」

緑は全然それに、気づかない。

「――緑、ちゃん!?」

涼は少しだけ、声を大にした。

「――え？　何、涼くん……」

「緑ちゃん、一緒にパリに行かない!?」

「……パリ!?」

何のことだろうと、一瞬、緑は思う。

「僕、白バラやめて、パリに留学しようと思ってるんだ!!」

「留学!?」

「――緑ちゃんも、僕と一緒にフランスへ行かない!?

僕、緑ちゃんと二人で、行きたい!!!」

なおもストレートな涼の留学の誘いに、緑はひどく驚いた。

やがて、信号が青になり、ピタリと停まるクルマたち。

歩き出す、涼。

「あ、待って涼くん!!」

緑は、驚きとときめきが交差した想いで、涼を慌てて追いかけた！


その週の金曜日、セレナーデのバイト演奏で、緑はピアノ教師の麗子と二人、ベートーヴェンの「スプリングソナタ」を、奏でた。

愛らしい、春色。

ピンク色のドレス。

麗子は、シャンパンゴールドの、タイトなドレスで。

――ノーブルで、そして、華やかな春の花々が咲き溢れる……そんな一曲。

ベートーヴェンが作曲《つく》ったとは、とても思えない。

満ちてゆく、春の幸福……

今宵の演奏でもらった、お客様からの拍手は、もう格別《カクベツ》だった！

セレナーデのデッキに、緑はいた。
水色の、ドレス。
海風と、輝くヨコハマの街の灯り……
まるで、ドビュッシーの「月の光」が聞こえてきそうな、静かな洋上……
夜の船――
緑はしみじみと今、黒澤　涼を想った。
＝僕、白バラやめて、パリに留学しようと想ってるんだ。
緑ちゃんも、僕と一緒にフランスへ行かない？
僕、緑ちゃんと二人で、行きたい！＝
あの日の、夕方。
信号待ちの間、涼の留学への誘い……。
〈――留学、フランス……、パリ……、涼くんと二人、で？〉
緑の心は、今、甘く、揺れた……

ドビュッシーの「月の光」にのせて、はためく、水色のドレスと髪……

運命かもしれないとさえ想う、静かな夜のデッキの、ひとときだった……


翌日の、土曜のバイトで、緑は麗子にこう問われた。

「――直広に、フラれた！」

〈楠さん!?〉

ドキリとする、久々に耳にする楠の名。

麗子は、続けた。

「直広、もう代理はヤだって、仕事忙しいって！　ねぇ、緑《リョク》ちゃんからももう一度頼んでみて？　それか、誰かいない？　白バラで。来週二日とも、ダメなの！」

〈麗子サン――私と楠さんのコト、全然知らないんだ！〉

と、緑はその時思った。

と同時に、涼の笑顔が浮かぶ……。

オレンジ色のドレスの緑は、答えた。

「麗子さん、いるよ。一人。――白バラのセンパイで、ピアノがとっても上手なの！」そう答えた緑の瞳は、なぜか、キラキラと輝いた。


「君が、黒澤　涼君。緑《リョク》ちゃんと同じ白バラの！」

支配人《パーサー》が、言った。

「初めまして、黒澤　涼です。では、さっそく！」

涼は制服姿で、緑の脇にある、セレナーデのグランドピアノに腰かけた。

おもむろに、ショパンの「幻想即興曲」を弾き出す。

その迫力の演奏に、支配人《パーサー》が拍手する。

「黒澤君、ブラボーだ、とっても素晴らしい！」

〈涼くん、ショパンもステキ☆〉

緑も、誇らしげだ。

「僕、世界的な、国際的な、そんなピアニストになることだけが、夢なんです!!　ピアノでは、誰にも負けたくない!!」

その涼の強い、ストレートな言葉に、支配人《パーサー》は、もう一度彼に、拍手を送る。

「――もう一曲、いいです、か？」

「どうぞどうぞ、何曲でも！」

支配人《パーサー》も、涼の天才的な魅力に、引き込まれた。

涼の指先が、白と黒の鍵盤の上に、舞う。

やはりお気に入りの、ドビュッシー。

「ベルガマスク組曲」――だった。

水を得た、魚……

ドビュッシーを弾く涼は、まさにそうだ。

フランス音楽、絵画に魅せられている。

音楽の方が、彼を選んだ――……

「緑ちゃん、とってもステキだよ！」

涼の母親からのプレゼント、ピンク色のロングのチャイナドレスを、着た、緑。

「ちょっと、足が出すぎじゃない？」

「そんなコトないよ!!」

港町・ヨコハマに相応しい、メランコリックな今宵の出で立ちに、涼は頰を染めた……。

カジュアルなディナーバイキングの席で、今夜は麗子の代理の涼と、緑の、白バラユニットの二重奏！

得意の、「チャールダーシュ」を弾く。

今宵の緑の唇は、少しだけ大人っぽい赤いルージュ。

即興で、涼のピアノソロ。

これまた大得意の「ベルガマスク組曲」。

中華バイキングを食するお客様たちは、涼の奇才な調べに吸い込まれた。

〈涼くん、スゴイよ……やっぱり、スゴイ!!　ピアノに選ばれた、王子様みたい！〉

脇に腰かける緑は、そう、心から想った。

涼と緑は、夜のデッキに出た。

七月。

もうすぐ、夏休み……

夏の到来を誘《いざな》う、潮風が吹く。

「夜風が、すごく気持ちいいね！」

涼はセレナーデの船上で、上機嫌だ。

「この船、とってもステキ！」

緑は、ほほ笑む。

二人は、メロンソーダの入ったゴブレットを手に、やがて、白いガーデンテーブルとチェアーに、座った……。

「――ありがとう、涼くん。麗子サンも助かったって」

「……僕の方こそ、楽しかった！」

「このドレス……」

「また、ここで着てね☆　ママが緑ちゃんのコト、すごく気に入ったみたい、今日、迎えのクルマが来るから、送らせて！」
涼は一口、メロンソーダを飲む。
——ふと……。
不思議な感覚に、とらわれる……。
〈こうやって、夜のデッキ……、テーブルに向かい合って——これって、前にも
こんな……場面……〉
これと同じ、シチュエーション……。
一年ほど前、ここでこうして、楠と向かい合って座った……。
純白《しろ》いドレスを着た、一年前の自分……。
楠と二人、手には白いワイングラス。
足取り軽く、デッキを夜風の中、歩いた。
——そしてテーブルを挟み、初めて触れた……彼の温かな……唇……。
鮮やかなその、記憶に、緑は切なくなる。
懐かしい、想い出。

幸せな、時間――

今ここに、あの頃のままの楠がいないかと思うと、緑は目頭が熱くなった。

慌てて、右手で涙を、拭う。

「緑、ちゃん!?」

「ゴメンね、涼くん。何でもないよ!!」

だが。緑の瞳《め》は、明らかに潤《うる》んでいる。

〈緑、ちゃん?〉

涼にも、それが分かった。

黒塗りで高級そうな、黒澤家の迎えのクルマに、二人は乗った。

「……緑ちゃん――」

涼は、脇に座る緑の手に、自らの右手を、重ねた……。

「涼、くん!?」

ドキリとする、緑だった。

「――もう一度よく、考えてみて……パリ行《ゆ》きの、コト……
僕、緑ちゃんに何をしてあげたら、いい？
悲しむ緑ちゃんを、これ以上見たくないよ！」
「……涼、くん……」
そう言って、静かな車中。
見つめ合う、二人だった。

悲しみの中で見えた光

〈ごめんね、緑……。
こんなコト、あんま、言いたくないケド、アタシ見ちゃった！
楠さんと元カノが一緒に、いるトコ……。
やっぱ、フクエン？
緑との方が、絶対お似合いなのに！〉

加名江からの、久々のメールに、緑は震えた。

やっぱり……

ひどく、悲しかった！


珍しく緑はその夕方、指揮科のリキヤと二人、学校帰り、歩いた。

夏の予感の、プラタナス。

「……リョウの気持ちが、分かる、よ」

緑の横顔を見、リキヤが呟く。

「え？」

「……リョウが緑のコト好きなの、何となくサ」

「――――」

リキヤのライトブルーのワイシャツは、ノーネクタイ、かなり胸元が開いている。

長袖のシャツをあえて、腕まくり。

かなり、校則違反、着くずしている。

しかしそれらが、かなり似合う、少し長い、茶色い髪……
「他の人が見たら、恋人同士に見えるかな？——なんて！」
おどけて、緑が笑った。
公園通り。
中央の広場には、噴水……。
〈——え…？〉
その瞬間《とき》、だった。
緑とリキヤの脇、楠によく似た男性が、髪の長い女性を連れ、通りすぎた——
〈——今、の!?〉
振り返り見つめた、その二人の後ろ姿……。
〈楠、さん？——すごく、似てる！〉
その二人は、やがて遠く、駅の方へ、消えて行った……。
「——緑？　緑!?」
呆然と立ちつくす緑は、リキヤの声に、やがてハッと我に返る。

「急に、どーした!?」

何も知らない、リキヤだった。

ポロポロと、緑の目から、涙がこぼれる……

「緑!?」

〈ごめんね、緑……

こんなコト、あんま、言いたくないケド、アタシ見ちゃった！

楠さんと元カノが一緒に、いるトコ……。

やっぱ、フクエン？

緑との方が、絶対お似合いなのに！〉

加名江からの、メールを想い出す。

「リキヤさん、ゴメン、ゴメンね！　何でもないからっ！」

ハンカチで、涙を拭う、緑だった。

「……何でもないワケ、ないだろ!?」

焦《アセ》る、リキヤだった。

——広場の、噴水……。

ベンチに腰かけ、リキヤはこれまでのことを、緑から聞かされた。

「このバイオリン、楠さんが買ってくれたの……。

でももう、十分、分かった。

もう楠さんとは、会わない！——会えない……」

膝に乗せた、ドイツのクラウスヘルマンのバイオリンケースを、緑は、見つめる……

……

「まだ、お礼も言ってない。——でもどんな気持ちで楠さんが買ってくれたのか、分からない……

私はまだこんなに好きなのに、もう楠さんは、昔のエリさんが、好き——」

ギュッと、ケースを握りしめた。

「——緑、ゴメン。オレ正直、そーゆーのよっく分からん。

ケド、オマエもセツないよ、な……。

でも、涼《リョウ》――は？
アイツはホント、あんなんだけど、いいヤツだよ!?
オレと二人でいる時なんか、（緑ちゃん、緑ちゃん）って、オマエの話ばっか！
最近体も丈夫に、なったし。
アイツ、緑といると、明るいし」
リキヤのその言葉を、緑は噛《か》み締《し》める。
「――涼くん、ホント、優しいよね……
白バラやめて、パリ留学、一緒に行かないかって、言われてるの……」
「マジ!?　すっげ」
そして、想い出す。
涼と自分の手が重なり、その手のひらのぬくもりと。
〈もう一度よく、考えてみて……パリ行《ゆ》きのコト……
僕、緑ちゃんに何をしてあげたら、いい？〉
そう言って、見つめ合った。

涼の澄んだ、青空のような瞳――
街はやがて、夜の気配、キラキラ輝き出す。
噴水は、銀のプラネタリウム……。
「ハハ、冷《つめ》てーーっ！」
リキヤが、噴水で遊ぶ。
緑の心の中にも、次第に、新しい明るさが生まれ始めた――

緑はドキドキして、受話器を手にした。
〈涼、くん？〉
〈緑ちゃん!!〉
電話口の涼は、いつにも増して優しかった。
〈涼くん？　私、考え直した……涼くんとパリに行く！　一緒に行きたい!!〉
〈緑ちゃん、本当!?　僕、すごくうれしい!!!
さっそく、ママに報告しなきゃ！

あ。緑ちゃん、スーツケース持ってる？〉
〈——ううん……〉
〈じゃあ、デパートでさっそく買おう、ね！
緑ちゃんはかわいい、ピンク色のスーツケースがいいな!!!〉
涼は携帯《スマホ》を手に、自宅のピアノ室にいた。
その頰は、紅潮し、声は弾んだ。
——緑は、受話器を置く……。
やがて、自室へ戻った。
机の上の——自分そっくりのオルゴールを、見やった。
まだ、胸が少しだけ、痛い……。
でもそのうちに、少しずつ忘れられるだろう。楠のこと——……

それぞれの決意の果てに

やがて夏休みが、到来した。

加名江は、いつか最初の頃に、楠と待ち合わせしたカフェに、彼を呼び出し、向かい合って座った。

「緑、パリに二年間留学するって！　あの黒澤　涼って、ヒトと!!」

血相を変えた加名江の言葉に、楠はひどく驚いた。

「――――そう……」

とだけ、楠は呟いた。

「楠さん、緑のコト好きじゃないの!?　昔の彼女が、そんなに忘れられないの!!?

緑、行っちゃうんだよ!?

楠、さん!!?」

――楠は内心、ひどく動揺、した。

だが、総てを受け止めるしか、なかった。

「……加名江、ちゃん。よく聞いて。

――エリのことは、何でもないんだ……彼女が一方的に感情的になってる……。

僕はもう、昔のことに関しては、忘れたつもりでいる、本当だよ……。

黒澤　涼、あの子が僕のところへ来たことがあって、一度……。

――純粋な……子だね……。

一途な、感じで……。

リョクちゃんはきっと、ああいう男の子と一緒にいた方が、幸せだって思った」

「……楠さん……」

「あの子のバイオリン、将来のこと考えると、僕といるより、ずっと――」

「――楠、……」

加名江は、言葉を失くした。

「今でも、リョクちゃんのこと深く想っている……好き、だよ。

だから、パリに行っても元気で、やってほしい――！」

楠は冷《さ》めたコーヒーに口もつけず……。
加名江の前、目を伏せた――
楠はその後、エリと再び会った。
もう、これを最後にしようと思った。
「どうし、て？　その子、新しいボーイフレンドと留学しちゃうんで、しょ!?」
夫と別れ、もう一度楠とやり直したいと思うエリは、不思議だった。
「直広、もう一度やり直したいの！
お願い！　やっぱり直広じゃないと、ダメなの!!」
そう言って、楠の胸の中に、顔をうずめた。
泳ぐ楠の右手が、次第に……エリの背中に……触れ……る……？
リビングのピアノの袂《たもと》、大きめのピンク色のスーツケースが置かれている。
「パパ、行ってくるね。ひとりで淋しくない？」

緑は、しんみりと言った。

「なあに、二年なんて、アッという間だよ。せっかくのチャンスなんだ、緑、バイオリン頑張ってくるんだ、よ？」

優しく、父が笑う。

「――ママにも、電話した。元気でって……」

「――そうか……」

「お金、またもらっちゃった……」

「パリで、必要な時、使いなさい……、パパからも――」

父も、封筒を手にしていた。

パリにある、ポールロワイヤル音楽院。

黒澤　涼の父の伝《つて》で、優秀な音楽学校へ留学するため、明日、フランスへ旅立つ……

…

「涼くんが、言ってた。日本の音大で勉強するよりも、将来のことを考えると、フランスの学校でレッスンすべき、だって……、休暇をとって、ドイツ、オーストリア、ポーランドへも行ってみようって！」

「そうか……」

「真の音楽に、触れられるのが、うれしい！　涼くん、ドビュッシーコンクールにも出たいって、言ってる、私はそんなのはムリかもしれないケド、精一杯頑張ってくる！」

緑は、キラキラと瞳を輝かせた。


白バラ音高では、持ちきりの話題だった。

ピアノ科の黒澤　涼とバイオリン科の小沢　緑が、二人そろって渡仏する。

しかも、その名も轟《とどろ》く、ポールロワイヤル音楽院。

演奏旅行らしきことも、するという。

成田国際空港――

緑と涼は、旅立ちの朝を迎えた。

泉子、リキヤ、原　舞……。

そして、加名江。

他の白バラ生も、多数いた。

スマホが、鳴った。

「もしもし？」

緑が出ると、ピアノ教師の麗子からの電話だった。

「――緑《リョク》ちゃん？　空港？」

「麗子サン！」

「ヨーロッパかぁ、私も昔、短期で行ったっけ……。

セレナーデで一緒に演奏できないのは、淋しいけど、元気でね。

支配人《バーサー》、泣いてるよォ。緑《リョク》ちゃんがいなくなっちゃって……」

「――」

レストラン船のことは、気がかりだったので、緑は途端に淋しくなった。

出発ロビー。

老若男女、さまざまな人々が、世界各国へ向け、今、翼を広げ、旅立とうとしている。

個人的に、あるいは、団体で。

その目的も、いろいろだ。

ターミナルは、国際色豊か《インターナショナル》。

緑は、バイオリンケースを手にしている。

エアラインは、エールフランス航空。

「緑ちゃん、私のこと忘れないでね！　冬休みになったら、旅行がてらママとパリへ行くから、その時会えるし……！」

花田泉子は、思わず涙ぐんだ。

「オレも、一度は訪ねて行くよ！」

リキヤも、淋しげだ。

「原　舞ちゃんも、きっと必ず、来て☆」

その涼の声に、

「――ええ」

舞は、美しくほほ笑んだ。

やがて、搭乗――の時間が訪れた。

十三時間の、フライト。

「じゃあ、そろそろ……」

上機嫌の涼。

加名江が思わず、緑を手招き、する。

「加名江？」

緑は、涼の脇から少し離れ、加名江を見つめた。

「――緑、こんな時にゴメン。私、楠さんのホントの心、確かめちゃった。

――こないだ、会ったの」

「加名、江？」

「――楠さん、エリさんとは何ともないんだって。エリさんの方が、一方的に感情的になってるって……。

もう、会わないって。
緑のコトだけ一番、今も好きだって……。
パリに行っても、元気でいてくれって。
緑の（幸せ）を、心から祈ってるって――！」
その別れ際の加名江の言葉を聞き、緑は――
緑の――目の前が――瞬間、白く浮かんだ……。
視界が狭く、なった。
ターミナルのざわめきだけが、響く――！
「――そんな…、そんなコト、今頃言われても……」
バイオリンケースを、ギュッと抱きしめる、緑。
「――緑、ちゃん？　行くよ？」
にこやかな、涼の声。
緑は、深く目を、伏せた。
そして、呟く――

「――涼、くん…ゴメン……」

「え？」

「私、やっぱり……行けない……、涼くんと行けない……」

「緑、ちゃん？」

「――パリには、行けない……！　涼くん、ゴメン!!」

緑は、駆け出した――！

「あ、緑ちゃん!!?」

涼や、見送りの生徒らは、当然どよめいた。

だが、加名江の表情は、ホッとした安堵の色だった。

もう一度会いたい

「――横浜へ――！」

タクシーに乗り込み、緑は、膝の上のバイオリンを、抱きしめた。

〈まだ、お礼も言ってない……〉
ハイウェイ、タクシーは横浜へ向け、走り続けた——
〈こんなキモチのまま、飛行機になんて、乗れない……!
——私が、私が本当に好きなのは……、
楠さん! 楠さんが、好き——!!!〉
熱く楠を想い、車内で、緑は瞼《まぶた》を閉じた——!

——二週間が、経った……

緑は自宅のベランダで洗濯を済ませると、リビングの父に、言った。

「——ごめんね、パパ……、ガッカリしたでしょ」

土壇場で空港から引き返し、ここ、ヨコハマに戻ってきてしまった。

九月が訪れ、再び白バラにも通い出した。

「せっかく、留学して勉強できるチャンスだったのに——ゴメン…!」

父は、首を横に振る。

「――でもサ、またいつか機会があったら行けるし、別に今じゃなくてもいい！

――パパひとり残す気には、なれなかった……」

「――緑、本当にパパのことが心配で、戻ってきたのか？　他にも、その、理由があるんじゃあ、ないの？」

ゴホンと咳《せき》こむ、父。

緑は、続ける。

「――どこにいたって、バイオリンは続けられる……それが、分かった、の」

「――そうだ、な。それも、そうだ――」

父子《おやこ》は、互いを見、今、温かな愛情を噛《か》み締《し》めた。

緑は今まで通りに、レストラン船・セレナーデ号のアルバイトも、再開、した。

真っ赤な、ドレスに身を包む。

フレンチディナーの席。

緑と麗子は、韓《ハン》流ドラマの主題歌、「冬のソナタ」と「会いたい」を、熱演した。

ことに、二曲目「会いたい」は、とても甘くロマンティックで、――胸が締めつけられるほど、楠　直広との出会いから今までを、思わず回想する、緑だった……

《初めまして、よろしく。楠　直広です。
ちょっと自信ないんだけど》
そう言って目の前に現れた、セレナーデ船上の、楠。
《よかったら、僕が送りましょうか？》
クルマで、自宅まで送ってもらった。
――東洋銀行で仕事する楠と、再会した。
夏休みが訪れ、届いたメール。
〈リョクちゃん元気ですか？
この間銀行で会ったたね。
今度の日曜日、よかったら出かけませんか？　車で家まで迎えに行きます〉
そして、初めて二人で行った、オーシャンパーク。

帰り際、ロングドレスの女の子が、バイオリンを持っている、そんな陶器のオルゴールを、手渡された……

父親が交通事故に遭い、向かった総合病院。

不安に打ち震える中、優しく抱きしめてくれた、彼。

――新宿の高層ビル街を二人、手をつなぎ、歩いたこともあった。

「会いたい」の甘美な、メロディ。

――会いたい……

それはまさに、今の緑の純粋な想いだった。

〈私の心が、今、楠さんを、求めている……。

こんなにも、好き……

(会いたい)、今すぐ会いたい――!〉

バイオリンの調べと緑の想いが、重なる。

今までにない、格別な演奏となった。

〈楠さん、加名江に聞いて、知ってるハズなのに……私がパリに行かなかった、コト〉

しかし、待てど暮らせど、楠からは何の連絡もなかった。

緑は、ハッとする。

〈バカな、私。もっともっと早く、勇気を出して、彼に本当の気持ちを聞けばよかった……！〉

空港からタクシーに乗り、ヨコハマへ帰った。あの時の後悔の念を、想い出す。

今なお、緑はあの時のままだった。

〈――いっつもいっつも、加名江に頼ってばかり！

――こんなんじゃ、ダメだよ！

自分で、確かめなきゃ……。

自分の力で――！〉

セーラー服のまま自宅を出て、緑は駆け出した！

東洋銀行。

――楠の黒いセダンが、あった。

懐かしい、クルマ……。

しかし、なかなか楠は、戻ってこない。

〈銀行って、三時には終わっているハズなのに、一体、中で何してるんだろ？〉

立ってみたり、座ってみたりしているうちに、辺りはうす暗くなってきた……。

〈おなか、すいた……！〉

しゃがみ込んでいた、その時、ふと人の声がした。

楠がにこやかに笑いながら、同僚とやって来た。

「……リョク、ちゃん!?」

緑に気がつくと、楠は驚いた様子。

緑も、慌てて立ち上がった！

その瞬間。緑のおなかが、鳴る……

楠は、クスリと笑った。

「――夕飯、食べに行こう。僕もまだ、これからだから！」

――約半年ぶりに再会《あ》ったというのに、変わらない、優しい楠だった……

「中華街に、お寿司屋さんがあるなんて！」

緑の一声は、こうだった。

ローズホテルの近くの、寿司屋。

「麗子さんと、何度か来たことがあって…」

そう言う楠を横目に、

「え？　麗子サン、と？――ふーん、あ、別にヤキモチとか妬《や》いて、ないよ!?」

赤くなって、必死に弁明する緑だった。

その様《さま》が、楠には、たまらずかわいく見えた。

「何が、いい？」

「うーん、と、かっぱ巻き！」

「え、そんなんでいいの？」

「野菜いっぱい、食べなきゃ☆」

「……かっぱ巻き、ワサビはダメか……」

「え。ワサビくらい、食べられるよ？　私、小学生じゃ、ないよ!?」

――そんなカウンターの二人の様子を、寿司屋の大将が、ほほ笑ましく、見守る。

「……楠さん、彼女、ですか？

ずいぶんとかわいい、――あれ？　その制服、白バラ高校？」

〈着替えてきた方が、よかったかな？〉

と、緑は、何だか気恥ずかしくなってしまった。夜の、寿司店。

周りは、アルコールと寿司を堪能する、大人ばかり、だ。

「――有名な、音高ですよ、ね？

お嬢ちゃん、オレンジジュース、サービスしちゃいますよ！」

大将は、一目で緑を気に入った様子だ。

夜の中華街を歩くのは、初めてだった。

クルマのある場所まで、そぞろ歩く……。

「……、伸びた、ね」

「ずっと、――いろいろあって、美容室にも行ってなかっ、た……」

「――……」

肩までの髪が、だいぶ伸びた――緑。

半年会わない間に、少しだけ大人びたようにも、見える。

「……残念、だったね。留学……」

その楠の言葉に、緑は反応する。

「――楠、さん…、本当に、そう思ってるの?」

緑は、立ち止まる。

「私。楠さんがいるから、横浜《ここ》へ戻って来たんだよ!?

――楠さんに、会いたくて!!」

「リョク、ちゃん…」

「……残念、なんかじゃない、よ……。

私が、そう決めたんだモン！」
「────」
また再び、歩き出す、二人だ。
「エリのことは、ごめん。……もう、会わないから……
──アイツ、（幸せ病）なんだよ。
どうかしている……。
でも、〝もう一度、頑張ってみる〟って、言ってくれた。
幸せに、暮らしてほしい。
──リョクちゃんを、すごく傷つけた……心から、済まないと思ってる……」
クルマに乗り込むと、楠はすぐに、口を開いた。
「──ううん、もういいの……私こそ、どうかしてた……
黒澤　涼くんのことすら巻き込んで、いろいろ傷つけちゃったのは、私だもん…
…！」

夢から醒《さ》めた、よう。
――以前の二人に、戻れる予感がした。
楠は、時計を見た。
「――もう、遅いね……。
早く帰らないと、送るから……」
途端に、悲しい気持ちが、緑を襲う。
「……ヤダ。まだ帰りたく、ない！
せっかく久々に会えたのに！
――もう少し、一緒にいたい……
楠さんと、二人だけでいたい――――!!」
自分でも驚くほど、ストレートな言葉が、溢れた。
「リョク……」
楠も、驚いて、緑を見た。

ヨコハマ協奏曲

窓の遠く、横浜港の夜景が、煌《きらめ》く。

ハーバービューの、とあるホテルの一室。

「綺麗！」

緑は、その夜景を見つめた。

「ダイヤモンドみたい！」

――宝石を散りばめたよう……

美しい夜景……

緑は右手を、窓ガラスに、翳《かざ》した。

「こんなに、ヨコハマの港がキレイだなんて、知らなかった！」

――やがてしんみりと、隣に立つ楠を、見やる。

「……バイオリン、ありがと……。

あれ、すごく高かったで、しょ？　だって、前のバイオリンと響きが、全然違う。
私少し、お金持ってる！
留学の時のお金、パパがいらないって言って受け取らなかった、ヤツ。
今持ってる、から!!」
「リョクちゃん、いいよ！」
デスクに置いたバッグの元へ、行こうとする緑を、楠が止める。
二人は、静かに見つめ合った……。
静かな、白百合《しらゆり》の花の匂いにむせる、そんな、そんな、――部屋、だった……。

（ねぇ、館山の花火大会、は？）
（とっくに、終わっちゃったよ？）
（そう……残念！）

（来年、連れていくから）

白百合の香りに縫うように、楠の煙草《タバコ》の香りがする。

（タバコって、おいしい？）

慌てて、それを消す、楠。

緑は、クスリと笑う。

（楠さんって、私がいつもタバコのコト言うと、すぐ消しちゃうよね？）

（家で、姉さんにうるさく言われてるからか、な？）

（――もう帰らないと……）

（……うん……）

温かな、肌のぬくもり。

緑はふっと、悲しくなった……。

黒いセダンが、緑の自宅の社宅の団地の敷地内に停まる。

「遅くなっちゃった、ね……、行ってお父さんに謝ろうか？」

「――ううん。加名江のトコにいて遅くなるって、さっきメールしたから、もう寝てると思う……」

緑は、さっきまで二人でいた白百合の香りを想い、ポッと頬を染めた……

楠の唇が、緑のおでこに触れた……。

「リョクちゃん……」

「――おやすみ！」

駆け出し、去ってゆく緑。

緑は静かに、でもしっかりとした足取り。

団地の階段を、一歩一歩、上った。

一歩、一歩――……

緑は静かに、しかし、力強い足取りで、舞台袖から、ステージ中央に――進んだ。

泉子は、涙した。

「……緑ちゃん、気を落とさないでね。こんなことするヒドイひとがこの白バラにいるなんて、許せない！」

泉子は緑に、心から同情した。

二人で、校門を出た。

〈？〉

一人の、中年の女性が立ち、緑と泉子を凝視している。

緑もまた、その女性をふと、見た。

それから何日も、それが続いた。

「いっつもいるよね、あの女性《ひと》。何だろ？」

泉子は、不安げだった。

夕飯の仕度をするキッチンで、緑はふと、テーブルの上の、亡き母親の写真を、見つめた。

――手に、とって見つめる。

〈やっぱり、似ている……

あの女性《ひと》――？〉

隠された家族の真実

緑が幼い頃に、病気で他界したと聞かされていた、母親……

――今日も校門のところに、その女性は立っていた。

勇気をふるい、緑はその女性に、近づいた。

「――私にもしかして、ご用です、か？」

その瞬間パッと、女性の表情が明るく変わった。

女性は、緑の母親だった。

今日は、黒いドレス。

髪をアップにして、大人っぽい雰囲気が漂う。

白バラ音大内にある、音楽堂。

学内コンサートが、行われた。

白バラに古くから伝わる、学長作曲のバイオリン協奏曲《コンチェルト》と、そして二曲目は「バッハのバイオリン協奏曲《コンチェルト》」——が、演奏された。緑はソリストだ。

オーケストラには、泉子や原　舞の姿もあった。もちろん、リキヤの指揮——

バッハ独特の、悩ましげな旋律。

——観客は、その荘厳な調べに、身震いすら、した……

観客の中には、麗子や加名江、楠の姿もあった。

緑は今、バッハの調べのバイオリン。

深く深く、むしろこれまでいろいろとあったことを、心から感謝する。

——緑ちゃん、生きて。

——生きるのよ。つらいことこそ乗り越えて、そのことがバイオリンを美しく弾く、そんな糧《かて》になる……

きっとまた、(幸せ)な日々が、来るよ。

信じて、生きて。

あなたのバイオリンが、それを望んでいる

——いつか、バイオリン教室の諸口先生が、言っていた言葉。

本当に、その通りだ。

身をもって、緑は確信した。

総てを乗り越えて、弾く。

楠がくれた新しいバイオリンは、より響き、艶《つや》をも増した。

————音が、変わった……。

緑が、変わったのかも、しれない。

〈————パリへ行かなくて、よかった……。

私、ヨコハマが好き、白バラが好き……。

楠さんがくれた、このバイオリン————こんなにも深い愛があるから、

私、いつだってこんなふうに、輝ける、よ……！〉

総ての夢、総ての愛、友情――――、学内コンサートは大拍手と涙の中、フィナーレを迎えた。

「おい、来いよっ!!」

血相を変えて、リキヤが早坂瑠音を伴い、緑と泉子のいる二年桜組に、やってきた！

「緑！　コイツがオマエのバイオリン壊した、真犯人だっ!!」

「えっ!?」

「早坂瑠音、オレ、前からナンかおかしいって、思ってたんだ！　キョドってて、よ!?」

「瑠音、さん？」

驚く緑の前、瑠音は開き直った。

「――――小沢さんが、悪いのよっ！」

「何、だとっ!!?」

自分のことのように、リキヤはなおも激怒した。

「……小沢さんばっかり、涼と仲良くするからよっ！」

涼のいとこの、声楽科の瑠音。

「――涼は、変わってしまった……。

小沢さんと仲良くするように、なってから……前はいろいろと誘ってくれたのに、最近は、小沢さんとばかり、私のコト、無視《シカト》じゃない!!」

瑠音の目に、涙が浮かぶ。

「だからってよ、緑のバイオリンパクるなんて、おま、ヒドくない!? おまえ、謝れよ！ 弁償しろよっ!!!」

ものすごいケンマクのリキヤだった。

「やめて、リキヤさん!!」

緑は、二人を止めた。

「――もう、いいよ。ずっと前に、済んだコトだもん。

瑠音さん、安心して。――私、涼くんとは、タダの友達、だよ？

トクベツな感情なんて、ないし、瑠音さんが心配するようなコト、何もない！」

「――小沢、さん……」

瑠音が、そう呟く……

「――あのバイオリン見た時は、ショックだったけど、でももう今は、何とも思ってないから……

――むしろ……」

緑は言いかけて、口を噤《つぐ》んだ。

〈むしろ――感謝してる……。

これで、よかったから……。

だって、おかげで今、楠さんのバイオリン弾けるんだもん！

――それに、今の私だったら痛いほど、瑠音さんの気持ちが、分かる。

好きな人に対する、嫉妬……

本当に、分かるから――〉

「――もう、弁償とかそんなのいいから！　私、涼くんのこと、好きとか、そんなふうにも考えてないから、――リキヤさんも、もう瑠音さんのこと責めないで!?」
緑の寛大な態度に、周囲はざわめいた。

社宅のポスト。
一通の、水色の封筒。
リビングで、それを開ける。
‖緑ちゃん、元気ですか？‖
涼からの、フランスからのエアメールだった。
〈ごめんね、涼くん……
すごく傷つけちゃった――……〉
胸が、キュンと痛む。
‖緑ちゃんが空港で行ってしまった時、僕、正直、びっくりした。
それに、悲しかったし、空しかった……。

――でも僕、まだ緑ちゃんのコト、諦めたワケじゃないよ？

パリには予定よりももう少し長く、三年間います。

徹底的に、ピアノを叩き込んで、ドビュッシーコンクールに入賞して、もっと胸を張って日本に帰りたい！

緑ちゃんにも認めてもらえるような、そんな男になって!!

――パリは、もう秋の気配です。

日本はまだ、暑いかな？

この間、ジヴェルニーのモネの庭園《アトリエ》に行ったよ？

白バラのモネの庭よりも、数段ゴーカでキレイでした。

本当は、緑ちゃんと二人で、来たかった……それでは、また書きます。　涼――

〈涼くん……〉

まだ少しだけチクッと、胸が痛む、緑だった。

エピローグ

「何はともあれ、よかったよかった！　メデタシ、メデタシ!!」

いつものマックで、加名江が言った。

「いいよなァ、緑は。楠さんみたいな、ステキなヒトがいて！　アタシも早く、カレシ作ろ☆

――ところで、ケッコンすんの？」

「結婚!?」

「楠さんって、三十、だっけ？　いいトシじゃん？　あんまり待たせるの、カワイソーだよっ」

「……」

そんな先のことまで、正直、考えてもみなかった……。

〈結婚――いつか私も、白いウエディングドレスとか、着るのか、な？〉

未来の花嫁。
純白《しろ》い、ドレスとヴェール……。
――私の隣にいるのは、――――楠、さん？
白い、未来予想図……。
そんな情景が、浮かぶ――
「ところでサ、緑と楠さんて、ドコまでいったの？」
ポテトを一口食べながら、加名江が問う。
「――ドコって、こないだは久々に、中華街行ったよ？
楠さんと麗子さんの、知ってるお寿司屋！
来年は――花火大会に、連れてってくれるみたい☆」
「――緑、あのサ。
アタシが聞きたいのは、二人の関係はいったいドコら辺まで……」
「いけないっ！　もうこんな時間!!
――加名江、ゴメン！　私バイト行くねっ!!」

遮るように、緑は店を飛び出した。

いつもの、横浜港。

客船ターミナルへ、急ぐ――――!


「分かってんだか、分かってないんだか!!」

残されて、呆れる加名江。

ポテトをまた、一口。

「アタシも、カッコイイカレシ、見つけよ♡」

にんまりと、ひとり、笑う。


「いらっしゃいませ!」

「セレナーデへ、ようこそ――――!」

乗客たちが次々と、セレナーデ号に乗船してきた。

新しいバイオリンを手に、藤色のドレスの緑――――